난생처음 기타

내 인생의 BGM은 내가 만들고 싶어서

난생처음
03

난생처음 기타 내 인생의 BGM은 내가 만들고 싶어서

1판 1쇄 발행 2020년 12월 3일

지은이 송정훈
발행인 유성권

편집장 양선우
기획·책임편집 신혜진 편집 윤경선 백주영
해외저작권 정지현 홍보 최예름 정가량
마케팅 김선우 김민석 박혜민 김민지
제작 장재균 물류 김성훈 고창규

펴낸곳 ㈜이퍼블릭
출판등록 1970년 7월 28일, 제1-170호
주소 서울시 양천구 | 목동서로 211 범문빌딩 (07995)
대표전화 02-2653-5131 | 팩스 02-2653-2455
메일 tiramisu@epublic.co.kr
인스타그램 instagram.com/tiramisu_thebook
포스트 post.naver.com/tiramisu_thebook

* 책값과 ISBN은 뒤표지에 있습니다.

이 도서의 국립중앙도서관 출판예정도서목록(CIP)은 서지정보유통지원시스템 홈페이지(http://seoji.nl.go.kr)와 국가자료공동목록시스템(http://www.nl.go.kr/kolisnet)에서 이용하실 수 있습니다.
(CIP2020048128)

난생처음 기타
내 인생의 BGM은 내가 만들고 싶어서

송정훈 지음

티라미수 THE BOOK

| 프롤로그 |

견디지 않고 즐기는 매일

몇 해 전 '조직에서 나는 어떤 유형?'이라는 심리 테스트가 유행한 적이 있다. 이런 식으로 사람을 규정하는 일에는 다소 반감을 갖는 편이지만, 여자친구가 해보라고 권유하면 또 군말 없이 하는 스타일이기도 해서 받은 링크를 클릭해 답을 쓱쓱 체크해나갔더니 결과가 딱 나왔다.

당신은 '유리멘탈 개복치'입니다.

뒤이어 이런 설명도 따라붙었다.

섬세하고 예민한 당신은 결벽에 가까운 이상주의자입니다. 논리적 완결성, 언행의 일치, 윤리적 순수성 등을 판단하는 기준이 누구보다 엄정해서 조금의 흠결도 인정하지 않아요. 쉽게 의기소침해지는 개복치는 목표가 분명한 일을 할 때 가장 스트레스를 적게 받습니다.

고개를 갸웃하며 여자친구에게 물었다.

"내가 유리멘탈까지는 아니지 않아? 그 정도로 예민하고 여린 것 같지는 않은데?"

그러자 별 고민거리도 아니라는 뉘앙스의 대답이 돌아왔다.

"아니, 개복치 잘 어울리는데?"

내 멘탈이 철갑을 두른 남산 위의 저 소나무라기보다 소스를 두른 부들부들 연두부에 가깝다는 걸 어렴풋이 깨달은 건 취업을 준비할 때였다. 좌절과 서글픔, 불확실성이 흘러넘치던 그 시기에 나는 '이유를 설명해주지 않는 탈락'의 충격에서 쉽사리 벗어나지 못했고 '귀하의 역량은 우수하나 채용 인원의 제한으로 인해 아쉽게 모시지 못하게 되었다'는 공허한 위로로부터 평정심을 회복하는 데 오랜 시간이 걸렸다. 낯빛이 점점 흙빛이 되고 자꾸만 동굴에 들어가 장기 투숙을 하는 나를 보며 친구들은 "생각보다 힘들어하네" 하며 걱정을 해줬고 힘내라며 내 좁은 어깨를 다독였다. 지난한 시간을 보내며 나도 내 멘탈을 과학 시간에 배운 모스 경도계로 쟀을 때 높은 수치가 나오긴 어렵겠다는 걸 조금은 인정하게 됐다. 내 멘탈은 답이 정해져 있는 학업의 스트레스 정도는 견딜 수 있었으나 저마다의 답이 있고 그 답을 눈치껏 찾아내야 하는 사회생활의 고단함에는 흠이 잘 나는 수준이었다.

이런 성격은 입사하고도 바뀔 리가 없었고, 회사원이 된 나는 일터에서의 일을 딱 끊어내지 못하고 집에 가져오기 시작했다. 한때는 그것이 성실함의 징표라고 생각하기도 했는데, 지나고 보니 미련한 짓이었고 소심하다는 증거였다. 게다가 가져오는 것이 실제 물리적인 일일 때도 있었지만, 감정적인 무엇일 때가 더 많았다. 상사나 동료에 대한 짜증, 앞으로 마주할 일에 관한 걱정, 지난 실수에서 이어진 자책 같은 것들.

'아, 오늘 구매팀에 자료 넘겼어야 했는데, 깜빡했네. 으이구.'

'내일까지 마쳐야 하는 일이 제법 많은데 제대로 할 수 있으려나?'

'그나저나 이번 기획안을 잘 짜야 하는데, 아이디어가 없어서 큰일이네.'

'그건 그렇고, 그 사람은 왜 말을 그딴 식으로 하는 거야. 사람 기분 나쁘게…….'

이런 상념과 감정이 러닝타임 긴 지루한 영화처럼 길게 늘어지는 날에는 TV를 봐도 집중이 잘 안 되고, 책을 읽더라도 일과 관련된 생각이 긴급 재난문자처럼 불쑥불쑥 떠올라 책장을 덮게 된다. 이렇게 쉬면서도 쉬는 게 아닌 것 같을 때, 삶에서 일이 자꾸만 덩치를 키울 때면 잘 살기 위해 일을 하는 건지 일을 하기 위해 사는 건지 헷갈리기 시작한다. 목적과 수단이 혼돈의 카오스를 이루는 그런 나날을 보내며 서서히 알게 됐다. 내게 순수한 즐거움을 위한 놀이가 필요하다는 것을. 예를 들면, 취미 같은 것?

내게도 한때는 취미가 있었지

내게 취미가 없던 건 아니었다. 오히려 취미에 적극적인 편이었다. 2002년 월드컵을 앞두고 전국이 축구 열기로 뒤덮였을 때, 열여덟 소년의 가슴과 두 발에도 덩달아 불이 붙었다. 중학교 동창들, 고등학교 친구들과 축구팀을 만들어 AC 밀란, 레알 마드리드 같은 유명 축구클럽의 짝퉁 유니폼을 맞춰 입고는 주말마다 이 학교 저 학교를 도장 깨기 하듯이 쏘다녔다. 물론 깨러 갔다 깨지는 경우가 더 많았지만.

대학에 들어가서는 입학식을 하고 내려오는 길에 가장 먼저 축구 동아리에 가입했다. 나름 학교를 대표하는 중앙동아리였다. 나는 이 동아리에서 대학 내내 활동했고, 졸업 후에도 졸업생끼리 모인 팀에서 몇 년 더 뛰었다. 대학에서의 축구 생활은 이전과 미묘하게 달랐다. 동네 축구계에서 나는 메시까지는 아니더라도 사비 혹은 이니에스타 같은 팀의 주축 멤버는 됐었는데, 큰 무대에 나와 보니 주축 멤버라기보다 스타팅 멤버에 턱걸이하는 쪽이었다. 세상은 넓고 실력자는 많았으며, 이른바 선

출(선수 출신)로 이뤄진 천상계도 존재했다.

내 세상 같았던 축구의 세계에서 활약하는 일이 줄어들자 축구의 재미 그래프는 서서히 하강 곡선을 그리기 시작했다. 그러다 취업이라는 걸 하고 야근과 회식으로 몸이 망가지자 실력은 더 형편없어졌고, 활약은커녕 팀에 누가 되는 일이 잦아지면서 축구의 재미는 Y축 바닥까지 곤두박질쳤다. 한 달에 두세 번 참여하는 시합이 부담이고 고역이었다. 인생의 빛나는 비전을 세우거나 원대한 포부를 품어야 할 서른이라는 나이에 어울리는 다짐은 아니지만, 이제 축구는 그만해야겠다고 결심했다.

내 기분의 모드를 내 뜻대로

축구를 그만둔 이후 취미 공백기는 이직의 시기와 겹쳤다. 새로운 회사에서 새로운 직무로 일을 시작하는 건 여러모로 고된 일이었다. 나는 회사가 원하는 레벨과 현재 내가 머물고 있는 '쪼렙' 사이의 간격을 얼른 좁혀야 한다는 생각에 조바심을 냈고, 그건 모래주머니를 차고

생활하는 것처럼 쓸데없고 지치는 일이었다. 사람 관계도 쉽지 않았다. 신입사원으로 입사해 선배들의 관심과 지원을 받으며 성장하는 것과 이직해서 관계를 맺는 건 전혀 다른 일이었다. 후자의 상황에서 나는 이방인이었고, 남의 집 자식이었다. 이직을 하고 나서 동기가 그립다는 생각을 자주 했다.

그런 시기에 시작한 취미가 바로 기타다. 좋자고 시작한 일이지만, 어쩐 일인지 기타를 배우기 시작한 이후로 신경질이 부쩍 늘었다. 악기란 익히는 데 시간이 필요한 것이기 때문이었다. 손가락은 아픈데 손은 내 마음대로 움직이지 않았고, 용쓰며 하는데도 나오는 소리는 음악이라기보다 소음이었다. 그러다 점점 연주할 수 있는 마디가 늘어나고, 노래를 짧게 흥얼거릴 수 있을 정도가 되고, 1절을 부를 수 있는 곡이 생기고, 그런 노래가 몇 개 쌓이자 기타는 2002년의 축구처럼 즐거운 것이 됐다.

반려동물을 키우는 사람이 집에 돌아와 가장 먼저 그들과 교감하듯 나도 퇴근하고 돌아와 제일 먼저 하는 일이 기타를 품에 안는 일이 되기 시작했다. 방구석에 앉아 기타 줄을 튕기며 좋아하는 노래를 흥얼거리다 보면 저녁 무렵 그림자처럼 길게 남은 회사 일에 관한 생각과 털어내지 못한 감정이 지우개로 지운 듯 희미해져갔고, 일로 퍽퍽해진 가슴에는 단비처럼 밝고 긍정적인 기운이 스며들었다. 내 손으로 연주할 수 있는 곡이 하나둘 늘어날 때 나는 공들여 즐거움의 세계를 하나씩 쌓아가고 있는 것 같았고, 동시에 내 삶의 운전대를 내 손으로 꼭 쥐고 있다는 느낌도 받았다.

몇 달 전, 개그맨 이윤석이 쓴 웃기지 않는 과학책《웃음의 과학》을 읽었다. 책에는 미국의 뇌과학자 제임스 아벨슨 박사가 진행한 인상적인 실험 하나가 소개된다. 그는 참여자에게 스트레스를 유발하는 약물을 투여한 다음 반응을 지켜봤는데, 그중 한 그룹에게는 약물이 초래할 결과를 설명하고 약물 주입을 언제든 멈출 수 있는 버튼을 줬고, 다른 그룹에게는 간단한 설명은 하되 버튼은 주지 않았다. 실험 결과 두 그룹은 어떤 차이를 보였을까? 앞의 그룹, 그러니까 설명을 듣고 버튼을 쥔 실험군의 스트레스 상승치가 대조군에 비해 80퍼센트나 완화됐다. 스스로 스트레스를 통제할 수 있다는 믿음이 있다면, 그것만으로도 스트레스를 조절할 수 있다는 것을 실험은 명쾌하게 보여줬다.

책을 읽으며 내가 기타를 통해 만들어온 것이 첫 번째 그룹에게 주어진 버튼 같은 것이었음을 깨달았다. 스트레스로부터 나를 지켜주는 버튼. 기분의 모드를 '불쾌'에서 '쾌'로 바꿔주는 버튼. 주어진 일을 해야 하는 직장인에서 내가 하고 싶은 일을 하는 자연인으로 전환해주는 버튼. 희로애락 중에 '기쁠 희喜'는 주壴와 구口로 이뤄져 있는데, 주가 '북 고鼓'의 옛 형태이므로 북 치고 노래한다는 뜻이라고 하며, '즐거울 락樂'도 나무木와 실糸로 이뤄져 악기를 의미한다고 하니, 어쩌면 나는 오랜 역사와 문자가 품질을 보장하는 버튼을 만들고 있었던 건지도 모르겠다.

앞으로 이어지는 이야기는 음치, 박치이자 가창평가, 리코더 실기평가는 늘 C였던 평범한 직장인이 기타라는 버튼을 만들어온 기록이자 즐거움이라는 이름의 공든 탑을 쌓아간 흔적이다. 그 길에서 나는 손가락이 짧다며, 기타 소리가 강좌 영상과 다르다며, 내 손이 내 손인데 내 마음대로 움직이지 않는다며 자주 좌절했고, 조금 더 자주 웃었다. 이런 기교도 부릴 줄 알게 됐다면서. 이런 곡도 연주할 수 있게 됐다면서.

왕초보 기타리스트가 적어 내려간 이 서툰 기록이 누군가의 마음을 움직여 기타를 사게 만들 것이라고 생각하지는 않는다. 대신, 출근했다가 퇴근해서 지쳐 잠드는 보통의 삶 속에서 즐거움의 세계를 정성껏 만들어온 누군가의 흔적이 작은 힌트가 되어 좋아하던 것, 어릴 적 꿈꾸던 것, 잊고 살던 로망과 버킷리스트를 떠올리게 만들 수 있기를 바라는 마음은 있다. 그리고 그것이 어떤 종목이든 간에 이제 미루는 건 그만하고 슬슬 시작해보길. 고단한 하루하루를 견디듯 살아가는 우리에게 취미라는 버튼은 무엇보다 값지고 필요한 것이니까.

기타라는 근사한 취미생활,

함께해보실래요?

| 차례 |

썸만 타다 끝날 줄 알았지만, 다행히

혼자서는 재미없으니까, 가까이

욕심이 생긴다는 건 좋은 일이지, 아마도

1장

썸만 타다 끝날 줄 알았지만, 다행히

내가 소음이 아닌 음악다운 소리를
낼 수 있다는 걸 알았을 때,
내 손끝에서 시작된 음들이
내 손의 움직임에 맞춰 부드럽게
올라갔다 내려가길 반복하고,
그러면서 어떤 선율을 이루고,
노래와 만나 여태껏 들어왔던
음악의 모습을 갖췄을 때,
나는 조금 벅찼다.

썸

: 내 것인 듯 내 것 아닌 로망

내가 다닌 고등학교는 남녀 합반이었다. 대전에 남녀 공학인 학교도 손에 꼽을 정도인데 합반이라니! 지금 생각해보면 그 시절 그곳은 복숭아꽃 만개한 무릉도원이요, 내 인생에 몇 안 되는 황금기였지만, 남녀칠세부동석의 자세가 17세까지 이어졌던 사춘기 유교 소년에게는 그저 낯설고 이상한 곳일 뿐이었다. 하굣길 친구들에게 "들어가"라고 건조하게 인사하던 소년은 손을 얼굴 주변에서 살랑살랑 흔들며 "안녕~"이라고 인사하는 사람들이 어색했고, 사소한 말에도 생긋생긋 웃어주는 존재가 생소했다. 그곳은 중학교와 180도 다른 세계였다.

그래도 사람이 적응의 동물이긴 한지 낯선 존재들과 친해져 먼저 손도 흔들고 팥빙수 같은 것도 함께 먹으러 다니기 시작했는데, 그 무렵 학교에서 수련회를 갔다. 그곳에서 어떤 수련을 했는지는 기억나지 않는다. 기억 속에 남아 있는 유일한 영상은 장기자랑 시간에 기타를 치며 노래를 부른 한 남학생의 모습뿐이다. 변성기를 제대로 견뎌낸 허스키한 목소리는 얇디얇은 내 목소리와 달리 매력적이었고 앰프를 타고 빵빵하게 울리는 기타 소리도 아름다웠다. 남자 고등학교였다면 슬픈 노래를 부르는 그에게 분위기 처진다며 장난 섞인 놀림이 쏟아졌겠지만 남녀 합반, 그것도 여성 비율이 높은 학교에서의 리액션은 하늘과 땅만큼이나 달랐다. 여학생들의 눈동자는 밤하늘의 별처럼 초롱초롱했고, 공연을 마친 그에게는 열화와 같은 박수가 쏟아졌다. 박수부대의 한가운데에서 나는 처음으로 이런 생각을 했다.

'나도 기타를 치고 싶다. 기타를 메고 무대에 올라 여학생들의 하트 뿅뿅 눈빛과 돌고래 같은 환호 소리를 받고 싶어.'

나는 몇몇 친구들에게 물어 그 남학생이 부른 곡이

무엇인지 알아냈고, CD를 구워 나만의 앨범을 만들 때 종종 그 노래도 목록에 넣었다. 비록 기타 로망의 씨앗은 0교시와 야간 자율학습에 묻혀 긴 잠이 들긴 했지만.

숙면을 취하던 기타 열망의 씨앗이 꿈틀댄 건 스무 살의 여름날이었다. 첫 번째 대학 축제를 경험하며, 기타를 멘 채 캠퍼스를 누비고 무대에 올라 멋진 공연 실력을 뽐내는 다른 학생들의 모습이 세상모르고 자던 기타의 꿈을 툭툭 건드린 것 같다. 기말고사가 끝난 며칠 뒤, 교내 밴드 활동을 하는 고등학교 동창에게 연락을 했다.

"지원아, 나 기타 좀 배워볼까 하거든. 혹시 안 쓰는 기타 있으면 나한테 하나 팔아라."

"아, 기타 배우려고? 나도 내가 쓰는 거 말고 여분으로 가지고 있는 건 없어서. 잠깐만, 내가 알아보고 연락해줄게."

친구는 아는 선배라며 몇 살 위인 형 한 명을 소개해줬고, 며칠 뒤 신촌 지하 연습실에서 그를 만났다.

"이거 쓸 만한 놈인데 중고니까 30만 원에 줄게. 초보가 쓰기 딱 좋을 거야."

당시 나는 귀차니즘 때문이었는지 아니면 초여름의 나른함 때문이었는지, 그것도 아니면 지하 특유의 축축한 냄새에 대한 거부감 때문이었는지 그에게 조금 더 생각해보겠다고 말하곤 연습실을 터벅터벅 나왔다. 어쩌면 낯선 세계의 출입문을 여는 순간, 그 안의 생경한 풍경이 자아내는 두려움 같은 것 때문이었을지도 모르겠다. '축구나 하지, 뭔 기타야' 하며 두려움의 감정을 따라 그렇게 회피 쪽으로 몸을 틀었다.

지금이 아니면 안 될 것 같아서

10년간 잠들었던 기타 열망이 또다시 기지개를 켠 건 서른한 살 생일 무렵이었다. 30대에게 생일이란 이전처럼 맑고 화창한, 마냥 기분 좋은 날이 아니다. 오히려 쨍하니 해가 났지만 여우비도 오는 복잡 미묘한 순간에 가깝다. 나를 설명하는 숫자가 하나 늘어나지만 그만큼 쌓이지는 않은 통장 잔액, 외모의 노화 속도를 따라가지 못하는 내면의 성숙함 같은 것에 불안감을 느끼며 이런저런 상념에 빠지게 된다. 지난 시간을 돌아보며 내가 놓친 것, 잃어버린 것은 무엇인지 점검해보기도 하면서.

그때 나는 〈슈퍼스타 K 3〉에 나온 장범준의 영상에 뒤늦게 빠져 있었다. 뭔가를 늦게 좋아하기 시작해 오래 좋아하는 사람으로서 방송된 지 2~3년쯤 지나서 발휘된 뒷북 팬심이었다. 그가 방송에서 부른 곡 중에서 맑고 또랑또랑한 기타 소리로 시작해 울먹이듯 절규하며 끝나는 〈정류장〉을 특히 좋아했다. 어머니를 향한 마음을 그린 노래와 그 의도를 잘 살린 영상 편집이 곡의 감동을 배가시켰고, 의자에 앉아 기타를 치며 노래 부르는 모습도 낭만적이었다. 영상을 보고 있자니 잊고 있던 기타의 꿈이 다시 생각났다. 동시에 지금이 아니면 앞으로는 더 힘들지도 모르겠다는 생각이 일었다. 몇 년 지나 결혼을 하고 아빠가 된 후에는, 오롯이 나를 위해 시간을 쓰기가 쉽지 않을 테니까.

다행히 그때는 10대 후반부터 20대를 관통했던 축구를 그만둔 터라 시간이 많았다. 여유로움과 무료함은 인생 곳곳에서 내 발목을 잡아온 두려움과 귀차니즘의 태클을 사뿐히 피했고, 나는 낙원상가를 찾았다. 5만 원짜리 지폐 몇 장을 손에 쥐고서.

생선에 대한 지식도 없고 흥정의 기술도 미천한 사람이 수산시장에서 눈퉁이 맞지 않으려면 손님이 많은 가게에서 회를 뜨는 것이 가장 안전한 방법이듯이, 기타의 기역 자도 모르는 입문자가 다 똑같아 보이는 낙원상가 악기점에서 할 수 있는 최선의 선택은 손님이 가장 많은 매장에 들어가는 것이었다. 매장 이름을 재빠르게 스캔해 네이버 검색을 해보니 평도 꽤 괜찮길래 긴장을 풀고 가게 안으로 들어갔다. 들어가자마자 실력자 포스를 풍기는 사람이 구매 예정으로 보이는 기타를 현란하게 연주하고 있던 터라 다시 주눅이 들긴 했지만.

"뭐 찾으시는 거 있으세요?"

누가 봐도 입문자 티가 풀풀 나는 내게 점원이 말했다.

"이제부터 기타를 배워보려고 하는데요. 저렴하면서도 괜찮은 기타 하나 추천해주세요."

이런 상황을 수없이 접했을 그는 입문용으로 이만한 게 없다면서 10만 원 후반대의 기타 두 대를 추천해줬다. 그러면서 이런 말도 덧붙였다.

"바디가 커야 울림이 좋은 편이니까 먼저 건네준 놈 말고 지금 보여준 거 사는 게 좋을 거예요. 남자가 너무 작은 기타를 쓰는 것도 모양새가 별로예요."

나는 별 고민 없이 그의 추천에 따랐다. 왜소하고 팔이 짧은 나의 체형에는 바디가 작은 기타가 더 적합하다는 걸 나중에 깨닫긴 했지만……. 그는 사기 전에 기타 소리를 한번 확인해보라고 했지만 잡는 방법도 모르거니와 줄에서 어떤 소리가 나야 정상인지도 모르겠어서 기타 줄을 한 번 쭉 긁어내리고는 말했다.

"이걸로 주세요."

계산을 마치고 갈색 가방에 고이 담긴 기타(통기타)를 차마 백팩처럼 등으로 메진 못했다. 내게는 그런 이상한 심리가 있다. 고등학생 때부터 실력도 없으면서 몇십만 원짜리 축구화를 신고 유명한 선수 이름이 새겨진 비싼 운동복을 입는 친구들이 탐탁지 않았다. 실력은 속 빈 강정인데 보이는 모습만 번지르르한 게 싫어서이기도 했지만, 갖고 싶은 걸 갖지 못하는 시기의 마음이 더 컸던 것도 같다. 어쨌든 뇌의 비이성인 사고 체계는 기타 가방을 건네받으면서도 작동했다.

'왕초보 주제에 숙련자인 양 기타를 당당하게 멜 수는 없지. 그건 입문자로서 오만하고 건방진 자세야.'

나는 경건하고 겸손한 마음으로 기타 가방 중간에 있는 손잡이를 잡고 마치 서류 가방처럼 기타를 고이 들고 집으로 돌아왔다. 얼른 당당하게 기타를 등에 메고 다닐 수 있길 바라면서.

하다 말다 했지만, 그래도

그렇게 산 기타를 매일 두세 시간씩 연습해 한 달 만에 첫 번째 곡을 마스터하고, 1년 만에 아마추어 밴드의 기타리스트가 되었다면 멋진 그림이 됐겠지만, 기타는 이후 2년 동안 인테리어 소품으로 기능했다. 기타를 산 뒤에 원데이 클래스에도 한번 나가보고, 인터넷 강좌 영상도 보며 몇 번 따라 해봤지만, 손가락은 아프고 기타에서 나는 소리도 도무지 음악처럼 느껴지지 않아 며칠 해보고는 기타를 내려놨다. 잃어버린 2년 동안 기타엔 뽀얗게 먼지가 쌓이고 줄에는 거뭇거뭇 녹이 슬었다.

그러다 존재 의미를 상실한 기타에 대한 미안한 마음 반, 예능 프로그램에 출연한 장범준을 보고 재차 생긴 열정 반으로 기타를 다시 잡았고, 그 후로는 매일 만나는 사이가 됐다. 만나게 될 사람은 언젠가는 만나게 된다는 말이 있듯이, 하게 될 것도 결국에는 하게 되는 것 같다. 생명력 질긴 열망의 씨앗은 호시탐탐 기회를 노리다 마음의 온도와 생활의 습도가 알맞은 때를 만났을 때 자리를 잡고 싹을 틔운다. 내게는 기타가 그랬고, 망설임과 게으름이라는 척박한 땅에서 관성과 두려움이라는 긴 시간을 견딘 후에야 겨우 기타라는 싹이 움틀 수 있었다.

수련회에서 그 남학생이 부른 곡은 윤도현의 <너를 보내고>였습니다. 이제 저도 기타로 기본 반주를 하며 노래를 부를 수 있습니다. 음색과 노래가 썩 어울린다는 느낌은 아니지만.

C코드의 교훈

: 내 손가락이 대체 왜 이렇죠?

"대리님, 저 C코드를 못 잡겠어요. 비슷하게 손이 가긴 가는데 소리가 영 이상해요. 뭐가 문제일까요?"

회사 앞 횡단보도에서 동료를 마주친 나는 점집을 찾은 사람처럼 속사포로 한탄의 말을 쏟아냈다. 혼자서 세상 시름 모두를 껴안은 듯 시무룩한 나를 보며, 수준급 기타 실력의 회사 동료는 알 수 없는 미소를 지었다. 손가락 세 개로 쉽게 잡을 수 있는 C코드조차 못 잡겠다는 나의 절망스러운 상황을 그는 대수롭지 않게 여기는 듯했다.

"어설프게 잡긴 잡는데 소리가 이상해요. 강좌 영상이

랑 완전 달라요. 둔탁하고 침울해서 그 소리를 들으면 글쎄 제 기분까지 덩달아 가라앉는다니까요. 손가락이 짧아서 그런 걸까요? 아니면 손에 땀이 많이 나서 그런 걸까요? 저는 기타랑 궁합이 안 맞는 걸까요?"

징징대는 내게 그는 말했다.

"시간이 조금만 지나면 괜찮아질 거예요."

얼핏 본 그의 손가락은 나보다 더 짧고 오동통했다.

기타를 제대로 배워보겠다고 마음먹고도 학원에 다니거나 동호회에 가입할 생각은 하지 않았다. 대신 독학의 길을 걷기로 결심했다. 요즘에는 유튜브나 블로그에 기타 강좌를 올리는 자애로운 성자들이 워낙 많으니 독학으로도 충분할 것 같다는 것이 첫 번째 이유였고, 약속이나 회식, 귀찮음 같은 이유로 자주 빠지게 될 거면서 매달 몇만 원 내지는 십 몇만 원씩 꼬박꼬박 내는 게 아깝다는 것이 두 번째 이유였다. 하지만 솔직히 말하자면 독학은 멋지잖아, 폼나잖아, 뭔가 그럴듯한 이야깃거리가 되잖아 하는 마음이 가장 컸다. 내가 좋아하는 장범준도 그렇고 많은 뮤지션이 독학으로 기타를 배웠다지! 나는 화려한 연주를 뽐내고 난 다음 기타를 어디서 배웠냐는 친구들의 질문에 이렇게 대답하는 내 모습을 상상했다.

"독학했지! 요즘 인터넷에 기타를 배울 수 있는 영상이 많아서 혼자서도 충분해. 야, 너두 할 수 있어!"

하지만 학원이나 동호회가 여정이 짜여 있어 준비 과정이 수월하고 편안한 패키지여행이라면, 독학은 일정을 짜기 위해 정보 수집도 해야 하고, 그렇게 얻은 정보가 믿을 만한지 아닌지 헤아리는 데도 시간이 많이 필요한 자유여행과 비슷하다. 어쩌면 나는 인생의 첫 번째 해외여행을 동행 없이 혼자만의 자유여행으로 떠난 것인지도 모른다. 낯선 곳으로 떠나는 고독한 여행에는 시행착오가 많을 수밖에 없었다.

한 걸음을 위한 시간

독학을 하면서 네이버나 유튜브에 '기타', '강좌', '왕초보', '입문' 같은 키워드를 검색하기 시작했고, 괜찮아 보이는 유튜브 계정과 네이버 카페, 블로그의 구독 버튼을 눌렀다. 그렇게 〈혜민쌤의 스트럼스타일〉, 〈그랩더기타〉, 〈뮤토리〉, 〈어썸기타〉 같은 곳을 알게 됐고, 그곳에서 쉽다고 추천하는 곡 중에 마음에 드는 걸 골라 무작정 따라 하기 시작했다. 하지만 난이도가 별표 하나로 표시된 곡들도 막 시작한 입문자에게는 버거운 것이라 몇 번 따라 하다 영상만 감상하는 식이 되곤 했다. 그리고 다시 이런저런 사이트를 뒤졌다. 시중에서 잘 팔지 않는 특대 사이즈 옷을 찾는 사람의 마음으로 '여기 혹시 기타 왕초보가 도전해볼 만한 곡이 있을까요?' 하며 이곳저곳 기웃거렸다.

그러다 나 같은 왕초보에게 적합한 블로그 하나를 발견했다. 〈몽키코드의 초보기타강좌〉라는 블로그였는데, 기타 초보를 위한 곡이 대부분이었고, 영상도 입문자 맞춤형이었다. 강좌 영상 속에서 그는 오른손이 어떻게 움직여야 하는지 1단계, 2단계, 3단계로 나눠 천천히 알려줬고, 곡에 나오는 코드를 왼손으로 어떻게 잡아야 하는지도 하나씩 설명해줬다. 참, 여기서 코드란 화음을 뜻한다. 학창 시절 시험에 나온다 하여 억지로 외우긴 했으나 지금은 기억 저편으로 사라졌을 으뜸화음이니 버금딸림화음이니 딸림화음이니 할 때 그 화음이다. 그 시절 우리는 으뜸화음이 '도, 미, 솔'로 구성돼 있다고 배웠는데, 그렇게 각각의 화음에는 그 화음을 구성하는 음이 있고 코드를 잡는다는 건 화음의 구성음만 소리가 날 수 있도록 줄을 알맞게 잡는다는 뜻이다. 나는 그의 친절한 설명에 따라 코드를 잡고는 기타 줄을 위에서 아래로 네 번씩 긁어줬고, 코드를 바꿔 같은 행동을 반복했다. 조금 익숙해졌다 싶으면 그가 가르쳐준 2단계 방식대로 네 번 긁는 중간중간에 한 번씩 더 줄을 긁어줬다.

물론 그 과정이 순탄치는 않았다. 피아노를 치지 못하는 사람의 두 손이 따로따로 움직이지 못하듯이 코드를 잡는 왼손과 기타 줄을 튕기는 오른손은 '우리는 함께'라며 개별 행동을 거부했다. 다음 코드로 바꿀 때는 여섯 줄로 이뤄진 기타 줄을 위에서부터 6번 줄, 5번 줄, 4번 줄이라고 하나씩 세고, 기타 지판에 수직으로 박혀 있는 쇠젓가락 모양의 프렛을 왼쪽에서부터 1프렛, 2프렛, 3프렛이라고 하나씩 더듬어봐야 겨우 맞는 위치를 잡을 수 있었다. 어르신들이 독수리 타법으로 자판을 치는 모습이 절로 떠올랐다. '에라, 모르겠다' 싶어서 과감하게 다음 코드를 짚고 소리를 내면 여지없이 기타 생활의 위기감을 더하는 불협화음이 났다. 몇 번 해보고는 재미없다며 기타를 내려놨다가 그래도 조금만 더 해보자며 다시 들기를 반복했다. 놀기 좋아하는 아이를 억지로 책상에 앉혀놓은 것처럼 2분 공부하고 10분 한숨 쉬는 형태의 연습이었다.

사실 그 과정에서 가장 의아했던 건 소리였다.

'영상 속 소리는 맑고 고운데 왜 내가 치는 소리는 이 모양이지?'

영상 속 연주자와 나는 분명 같은 코드를 잡고 있음에도 내 귀에 전달되는 소리는 아주 달랐다. 그건 기타의 가격 차이가 만들어내는 소리의 깊이 차이가 아니라 아예 결이 다른 소리였다. 이해하기 어려운 난감한 상황을 마주하며 지난 30여 년간 마우스 클릭, 스마트폰 터치나 하며 편하게 살아온 내 손을 원망하기도 했고, 좌절감은 의심의 옷을 입고 이상한 상상으로 흘러가기도 했다.

'기타 가게 사장님이 왕초보라고 우습게 보고 이상한 기타를 판 거 아냐?'

이번에도 포기할 수는 없다는 마음과 과연 내가 할 수 있을까, 하는 마음이 파전 반죽처럼 뒤죽박죽 섞인 채로 3주가량 연습했을 무렵, 문득 기타 소리가 한결 청아하게 들렸다.

'어? 이제 영상에서 나는 소리와 거의 비슷해졌잖아!'

C코드는 검지, 중지, 약지로 2번, 4번, 5번 줄을 누르는 코드다. 이때 누르지 않는 1번, 3번 줄의 소리도 함께 나줘야 한다. '무엇을 하느냐' 못지않게 '무엇을 하지 않느냐'도 어떤 사람의 정체성을 드러내는 요소이듯, 코드 역시 잡는 줄만큼이나 잡지 않는 줄의 소리가 제대로 나야 화음이 완성되는 것이었다.

그간 힘이 부족해서 손가락 끝마디를 꼿꼿이 세우지 못하다 보니 4번 줄을 잡은 중지가 밑에 있는 3번 줄에도 닿아 그 줄의 소리가 나지 않았고, 2번 줄을 잡은 검지가 1번 줄의 소리를 뮤트해 투박하고 단조로운 소리가 났던 거였다. 시간이 지나 힘이 좀 붙자 특정 줄을 잡은 손이 그 아랫줄을 건드려 소리가 나지 않는 경우가 확연히 줄어들었고, 그 덕에 기타는 응당 내야 할 본연의 사운드를 찾기 시작했다. 기본 코드를 잡는 데 몇 주나 걸린 슬로 스타터였지만, 그래도 제법 깨끗한 소리를 내기 시작한 기타를, 아니 내 손을 대견하게 바라보며 생각했다.

'모든 일에는 시간이 필요하다던데, 그 시간이란 게 이런 거였구나. 몸이 새로운 것에 적응하며 근육을 만들 시간.'

서둘지도 무리하지도 않으면서

이건 성인이 된 내가 오랜만에 몸으로 이뤄낸 작은 성취였다. 중학생 때야 실기평가 준비한답시고 집에 이불 깔고 앞구르기 연습도 하고 손 짚고 옆돌기 연습도 했었지만, 성인이 된 이후에 그렇게 새로운 몸의 기술을 연마할 일은 좀처럼 없었다. 축구가 그동안 써왔던 근육을 더 강하게 단련하는 행위였다면, 기타는 그간 쓰지 않았던 근육을 새롭게 만들어가는 일이었다. 고작 기본 코드를 제대로 잡았을 뿐인데, 이 경험을 통해 나는 잊고 있던 성취의 감각을 조금 되찾았다(남들이 보면 코웃음을 치겠지만).

해보지만 뜻대로 되지 않는다 → 짜증이 난다 → 그래도 참고 계속 시도한다 → 여전히 잘되지 않는다 → '아오, 이게 무슨 사서 고생이야!' 하며 포기하려던 순간 갑자기 비슷하게 되는 것도 같다 → 기대 반 의심 반으로 다시 연습을 시작한다 → 결국 해낸다!

오랫동안 입지 않았던 옷에서 발견한 지폐 뭉치처럼 반가운 기억 하나도 떠올랐다. 초등학교 1학년 때, 며칠을 연습해도 세 번을 넘지 못하던 줄넘기가 자고 일어났더니 갑자기 잘되던 이른 아침 성취의 순간이. 그날 나는 체육 시간에 줄을 쉰 번도 넘게 넘었다.

이 감각은 도전에 임하는 마음가짐으로 이어진다. 모든 시작에는 시간이 필요한 법이며, 그건 하루에 몰아쳐서 한다고 해결할 수 있는 성질의 것이 아니다. 그러니 조급해하지도, 서둘지도, 무리하지도 말자. 대신 매일 조금씩 꾸준하게 하자.

C코드의 교훈 덕분에 이후의 기타 연습이 순탄해졌다면 좋았겠지만, 애석하게도 사람은 아는 대로 행동하

지 않는 법이다. 이제 그 슬픈 이야기를 해보려 한다.

참고로 코드는 바코드나 "넌 나랑 코드가 잘 맞아"라고 말하며 동질감을 표현할 때 사용하는 code가 아니고 chord입니다. 장미를 lose로 적었다가 오랫동안 회자되는 불상사를 피하려면 가급적 영어보다는 한글로 쓰는 것이 좋겠습니다.

F코드의 장벽

: 이 곡 저 곡 기웃거리다 내 이럴 줄 알았지

입문자 안성맞춤 블로그에는 이런 곡들이 있었다. 밥 딜런의 〈Knocking on Heaven's Door〉, 델리스파이스 〈고백〉, 자전거 탄 풍경 〈너에게 난, 나에게 넌〉, 그리고 안치환의 〈내가 만일〉. 밥 딜런의 〈Knocking on Heaven's Door〉는 썩 좋아하는 노래가 아니라는 이유로, 〈고백〉과 〈너에게 난, 나에게 넌〉은 오른손 주법을 도무지 따라가질 못하겠다는 이유로 멀리했고, 어릴 적 부모님 손에 이끌려 간 노래방에서 안면을 터서 친숙한, 그리고 오른손의 움직임이 상대적으로 쉬운 편인 안치환의 〈내가 만일〉을 연습하기 시작했다.

"내가 만일 하늘이라면, 그대 얼굴에 물들고 싶어."

문제는 이 곡에 F코드가 나온다는 것이다. F코드란 무엇인가? 취미로 기타를 시작한 무수히 많은 이들이 끝내 넘지 못하고 포기해버린 통곡의 벽이 아니던가! 얼마 전 술자리에서도 기타를 배우기 시작했다는 나의 말에 술에 취한 친구 한 명이 자신도 기타를 배웠었노라며 말을 이었다.

"그 있잖아? E인가 F인가, 코드 뭐 있잖아? 요따위로 잡는 그 코드. 그거 더럽고 치사해서 그만뒀어. 내가."

그때 친구가 얼굴을 찡그리며 보여준 손가락 모양도 F코드와 엇비슷했다.

영화 〈쎄시봉〉에서 배우 정우가 연기한 오근태라는 인물도 F코드를 잡는 데 어려움을 겪는다. 그는 어쩌다 사람들 앞에서 기타 연주를 하게 됐을 때, 박수 소리에 어물쩍 묻어가거나(F코드가 나오면 박수를 크게 쳐달라고 친구에게 부탁했다) 노래를 크게 부르는 식으로 F코드의 위기를 모면한다. 그러다 도저히 피할 길이 없어 될 대로 되라는 심정으로 F코드를 잡는데, 파열음이 아닌 제대로 된 소리가 나자 기쁨으로 가득 찬 표정을 짓기도 한다. 그만큼 F코드는 기타를 시작하는 사람이라면 반드시 넘어야 할, 등산로 초입부에 갑자기 나타난 가파른 오르막길 같은 것이다.

F코드가 어려운 이유는 이것이 바레 코드이기 때문이다. 바레란 '막대, 빗장'이라는 뜻인데, 검지를 쫙 펴서 기타 줄 여섯 개를 모두 잡아서 막고 나머지 손가락으로 코드를 잡아야 한다. 손가락 전체에 힘이 있어야만 할 수 있는 고난도 동작이다. 보통 초보자들은 힘이 부족해 밑의 두세 줄을 꽉 눌러주지 못하다 보니 둔탁한 소리가 나게 마련이다. 게다가 중지, 약지, 새끼손가락도 모두 한 줄씩 맡아야 하니(중지는 2프렛의 3번 줄을, 약지는 3프렛의 5번 줄을, 새끼손가락은 3프렛의 4번 줄을 잡는다) 손이 뻐근하고 힘이 부친다.

검지 하나로 눌러줘야 할 줄을 엄지와 검지로 나눠 잡는 편법도 있지만, 나처럼 손가락이 짧아 슬픈 짐승에게 편법은 전혀 편법이 아니었다. 손가락이 길어 덜 슬픈 짐승이라도 다른 형태의 바레 코드를 잡기 위해서는 결국 검지 하나로 줄 여러 개를 잡는 데 익숙해져야만 한다.

인생에는 측면 돌파로 족할 때도 있지만 피치 못하게 정면 돌파를 해야만 하는 순간도 분명 존재한다. F코드는 요령이나 요행 없이 부딪쳐 이겨내야만 하는 것이었다.

죽이든 밥이든 끝까지 해봐야 쌓인다

새로운 도전에는 그에 걸맞은 시간이 필요하다는 깨달음을 얻었지만, 그걸 아는 것과 행동하는 것은 별개의 문제다. 프랑스의 소설가 폴 부르제는 일찍이 '생각대로 살지 않으면 사는 대로 생각하게 된다'고 했다지만, 사실 생각대로 살기에 사람은 너무나 유약한 존재 아니던가. F코드를 제대로 잡기 위해서는 되든 안 되든 계속해봐야 한다는 걸 알지만, 그래야 "내가 만일 하늘이라면, 그대 얼굴에 물들고 싶어~"라고 네 마디를 연주한 다음 F코드를 치며 "붉게 물든 저녁"이라는 가사를 뱉을 수 있다는 걸 알지만, 나는 정면 돌파도, 측면 돌파도 아닌 일보 후퇴를 택했다.

'다른 곡을 연습하자.'

이 곡을 조금 연습하다 잘 안 된다고 포기하고는, '어? 이 노래 좋아하는 곡인데! 어머 이건 해야 돼!' 하며 저 곡을 기웃거리는 것이 내 독학의 방식이었다. 지루한 반복일지라도 한 곡을 훈련하듯 연습해야 연주에 필요한 근육이 생기고 리듬도 몸에 배는 법인데, 독학하는 자유로운 영혼은 정석의 길을 걷지 않았다. 나는 이 방 어지르고 저 방 어지르는 네 살짜리 조카처럼 몇 마디 연습하고는 다른 곡으로 넘어가버릇했고, 실력은 땅에 내려앉자마자 사라지는 가랑눈처럼 쌓이지 않았다.

어느 글쓰기 강좌에서 이런 이야기를 들은 적이 있다.

"죽이 되든 밥이 되든 글을 쓰기로 마음먹었다면 초안은 다 쓰고 일어나는 게 중요해요. 쓰다 만 글은 쓰지 않은 글과 같습니다. 결국 원점에서 다시 시작해야 해요."

한 곡을 연습하다 말고 다른 곡을 기웃거리는 것은 글을 쓰다 말고 뒷수습은 미래의 나에게 맡긴다며 자리에서 일어나는 것과 별반 다르지 않을 것이다. 엉망일지언정 도입부터 결말까지 써봐야지만 내가 하고 싶은 말이 뭔지, 그 메시지에 논리적 모순은 없는지, 글의 재미나 가독성을 위해 더하거나 다듬을 부분은 없는지 따져 볼 수 있듯이 기타도 어설플지언정 한 곡을 처음부터 끝까지 연주해봐야 그 안에 담긴 기본기를 익힐 수 있는데 나의 독학은 영 좋지 않은 습관으로 흘러갔다.

그 뒤로는 故 김현식의 〈내 사랑 내 곁에〉를 연습했지만, 이 곡에도 Bm라는 어려운 코드가 나왔다. Bm도 F코드처럼 검지 하나로 여러 줄을 잡아야 하는 코드다. 〈내 사랑 내 곁에〉는 〈내가 만일〉보다 좋아하는 곡이라 더 오래 붙잡고 있었지만 Bm코드에는 쉽게 익숙해지지 않았고, 그사이 또 다른 곡의 강좌 영상을 보기 시작했다. 장범준이 리메이크한 〈회상〉이었다.

몇 달을 이렇게 한 곡 찔러보고 아니면 말고 식으로 연습했다. 지금에 와서 그때를 돌아보면 아쉬움이 남는다. 한 곡씩 집중해서 연습했다면, 기분 따라 깨작깨작하지 않고 진득하니 붙잡고 있었다면 지금쯤 기본기가 제법 탄탄해지지 않았을까? 칠 수 있는 곡의 개수가 더 많지 않았을까? 지겨운 반복이 기타의 재미를 반감시켜 아예 포기하게 만들 수도 있다는 반론도 있을 수 있겠지만, 그간 기타에 쏟아온 만학도의 학구열을 생각하면 그럴

가능성이 크진 않았을 것 같다. 그리고 무엇보다 이제는 한 곡을 '완곡'했을 때의 희열이 대단하다는 것을 알기에 반복되는 연습의 고단함도 잘 견뎌냈을 것 같다.

뭔가를 시작하는 사람에게는 어떤 마음이 필요할까? 그건 훈련에 임하는 운동선수의 자세가 아닐까? 순간의 재미도 중요하지만, 더 큰 즐거움을 위해 인내의 시간도 필요한 법. 인내하지 않았던 독학은, 지나치게 자유로워 이 곡 저 곡 기웃거리기만 했던 나의 독학은 성장을 더디게 만들었고, 그래서 엉성하게나마 칠 줄 아는 한 곡이 생길 때까지 너무 오랜 시간이 걸렸다. 그리고 가로세로 낱말퍼즐을 풀 때 건너뛴 문제를 다시 풀어야만 하는 순간이 머지않아 반드시 찾아오듯이, 스킵했던 기타 기본기 훈련도 훗날 나머지 공부하듯 채워야만 했다.

독학할 당시엔 잘 몰랐지만, 기타 초보 연습곡으로는 미국의 혼성 4인조 밴드 포 논 블론즈의 <What's Up?>, 박중훈 <비와 당신(라디오스타 OST)>, 한스밴드 <오락실>, 故 김광석 <나의 노래>가 유명한 편입니다.

오른손 주법

: 꼭 아르페지오가 좋아서 그런 건 아니에요

로버트 H. 프랭크가 쓴 《실력과 노력으로 성공했다는 당신에게》에는 아이스하키와 관련된 재미난 통계가 나온다. 세계 최고의 아이스하키 선수들 가운데 무려 40퍼센트가 1월부터 3월 사이에 태어났다고. 아니, 아이스하키를 즐기는 지역의 사람들이 날씨가 따뜻해지는 봄, 흔들리는 꽃들 속에서 잊고 있던 성욕을 느껴 뜨거운 밤을 보냈다가 이듬해 초 사랑의 결실을 얻는 것도 아닐 텐데, 왜 이토록 편중된 분포가 나타나는 걸까? 책은 의외의 영역에서 그 이유를 찾는다. 유소년 아이스하키 리그의 참가자격 기준이 '1월 1일 이후 출생자'부터이기 때문이라고. 몇 개월 먼저 태어난 어린아이는 동년배보다 덩치가 조금 더 크고 힘도 조금 더 세고 스피드도 조금 더 빠를 가능성이 높다. 그 약간의 차이가 지역 대표팀에 선발되거나 좋은 코치가 있는 트레이닝 프로그램에 뽑힐 가능성을 키웠고, 결과적으로 이런 편중된 분포를 만든 것이다. 반대로 최고 레벨 아이스하키 선수 가운데 10월부터 12월 사이에 태어난 선수는 고작 10퍼센트라고 한다.

1월 1일이라는 기준처럼 개인을 둘러싼 환경은 객관적인 실력이나 타고난 취향과는 상관없이 이야기를 알 수 없는 결말로 이끌기도 한다. 누군가에게는 날개가 돼주고, 누군가에게는 걸림돌이 되기도 하면서. 그리고 보이지 않는 손처럼 나의 취미생활에도 영향을 끼쳤다. 특히, 기타 연주법 쪽으로.

스트로크와 아르페지오

기타를 연주하는 방법에는 크게 두 가지가 있다. 스트로크와 아르페지오. 스트로크는 뭔가를 친다는 말뜻 그대로 오른손을 위아래로 움직이면서 기타 줄 전체를 치는 주법이다. 엄지와 검지 손톱을 이용해 기타 줄을 치기도 하고(보통 엄지와 검지를 맞대고 다운 스트로크를 할 때는 검지 손톱을, 업 스트로크를 할 때는 엄지손톱을 사용한다), '피크'라는 삼각형 모양의 얇은 플라스틱을 엄지와 검지 사이에 끼워 사용하기도 한다. 한 번에 여러 줄을, 제법 힘껏 연주하는 주법 특성상 소리가 크며, 오른손의 속도를 높여서 빠른 템포의 연주도 할 수 있다. 영화 〈원스〉의 남자 주인공 글렌 핸사드가 〈Falling Slowly〉 후렴을 부를 때 격정적으로 손을 흔들며 기타를 치는 장면이나 단합대회 레크리에이션 진행자가 〈연가〉를 부르며(비바람이 치던 바다~ 잔잔해져오면~) 기타를 경쾌하게 치고 있는 모습을 떠올리면 딱 맞다.

스트로크는 오른손을 위아래로 움직이면서 어떤 박에는 기타 줄을 치고, 또 어떤 박에는 기타 줄을 치지 않으면서 리듬을 만든다. 예를 들어 경쾌한 곡에 흔히 사용되는 칼립소 리듬이라면, 네 박자 한 마디에 오른손을 아래-위, 아래-위, 아래-위, 아래-위로 네 번 왕복하는 동안, 첫 번째, 두 번째, 네 번째 다운 스트로크와 두 번째,

세 번째, 네 번째 업 스트로크에는 기타 줄을 치고 나머지 동작에서는 헛손질을 한다. 이걸 보며 기타를 연습하는 사람은 없겠지만 대략 이런 모양이 된다.

다운 ~~업~~ 다운 업 ~~다운~~ 업 다운 업

스트로크가 한 번에 여러 줄을 치는 방식이라면 아르페지오는 한두 줄씩 연주하는 주법이다. 스트로크처럼 오른손을 크게 흔드는 게 아니라, 손가락을 기타 줄 바로 위에 두고 까딱까딱 움직이며 줄을 튕긴다. 엄지로 6번, 5번, 4번 줄 중에 하나를 튕기고, 그다음에 검지로 3번 줄을 친 뒤, 중지와 약지로 2번 줄과 1번 줄을 동시에 튕겼다가 다시 검지로 3번 줄을 치는 걸 반복하는 식이다. 여기서 6번, 5번, 4번 줄 중에 어느 줄을 탄현할지는 잡는 코드에 따라 다르다. A, B, C 코드라면 5번 줄을, D코드라면 4번 줄을, E, F, G 코드라면 6번 줄을 튕긴다. 아르페지오 주법은 화음을 이루는 음들을 한 번에 치지 않고 부드럽게 이어지도록 연주하는 방법이다 보니 조용한 노래에 어울리며, 故 김광석의 〈이등병의 편지〉나 아이유가 부른 〈밤편지〉 앞부분에 깔리는 조용한 기타 반주를 떠올리면 된다.

두 주법은 한 곡 안에서 혼용되곤 한다. 이적이 부른 〈걱정 말아요 그대〉를 들어보면, 앞부분은 아르페지오로 잔잔하게 시작했다가 두 번째 후렴부터 스트로크로 주법을 바꿔 감정과 분위기를 고조시킨 다음 다시 아르페지오로 돌아가 차분하게 곡을 마무리한다. 조용하게 시작했다가 감정을 끌어올린 후 다시 잔잔하게 마무리를 하는 변화에서 두 주법의 쓰임과 특성이 잘 드러난다.

이 중에서 내가 주로 연습한 것은 아르페지오였다. 이 주법으로 안치환의 〈내가 만일〉과 장범준의 〈회상〉을 연습했다. 아르페지오 주법을 선호한 건 잔잔한 노래를 좋아하고, 아르페지오 특유의 부드러운 소리가 좋아서만은 아니고, 환경의 영향이었다. 바로 방음이라는 환경. 지금 살고 있는 빌라는 1993년도에 지어졌다는데 '음, 겨우 그 정도밖에 안 됐다고?'라는 생각이 절로 들 만큼 낡았다. 층간 소음이 이슈가 되기 전에 지어진 건물이라 그런 것인지, 이웃 간에 따스한 정이 존재하던 시절이었어서 그런 것인지 방음에 유독 취약하다. 조용한 주말 아침, 침대에 누워 있으면 옆집 아이의 울음소리가 들려 '아이고, 너도 배가 고프구나. 나도 배가 고프다' 하며 공감하게 되고, 윗집 청소기 소리에 '암만, 주말엔 청소지!' 하며 나도 덩달아 청소기를 꺼내게 된다. 이런 소통 지향적인 환경에서 소리가 큰 스트로크는 가당치 않았다. 아르페지오는 내가 취할 수 있는 최선의 선택지였다.

리듬감 있게 착- 착-

아르페지오를 연습하다가 퍼커시브라는 주법을 새로 알게 됐다. 퍼커시브는 중간중간 타악기 소리를 내는 주법인데, 엄지손가락은 펴고 나머지 손가락은 살짝 주먹을 쥔 모양으로 기타 줄을 착- 착- 때리는 식이다. 이때 소리는 주로 엄지손가락이 기타 줄을 때리며 낸다. 코드에 맞춰 6번, 5번, 4번 줄 중에 하나를 엄지로 친 후에 1, 2, 3번 줄을 검지, 중지, 약지로 동시에 튕겨준 다음 앞서 말한 손 모양으로 '착-' 소리를 내며 기타 줄을 때렸다가 다시 1, 2, 3번 줄을 함께 튕기는 걸 반복하는 게 퍼커시브의 기본적인 패턴이다. 이승훈의 〈비 오는 거리〉나 10cm의 〈사랑은 은하수 다방에서〉 같은 곡에 사용된 주법이 바로 퍼커시브다.

중학생 때 즐겨 듣던 쿨의 5집 앨범엔 〈All For You〉라는 유명한 곡이 두 가지 버전으로 실려 있다. 하나는 반주에 드럼, 기타, 베이스, 셰이커 등 다양한 악기가 사용된 오리지널 버전이고, 다른 하나는 기타 중심으로 심플하게 반주가 구성된 어쿠스틱 버전이다. 나는 담백한 반주 덕분에 노랫말에 담긴 감정이 더 진솔하게 전해진다며 어쿠스틱 버전을 선호했는데, 알고 보니 이 버전에 사용된 주법도 퍼커시브였다.

좋아하던 기타 반주가 퍼커시브라는 것을 알고 나서부터 퍼커시브는 '최애' 주법이 됐고, 인터넷에서 쉬운 코드로 구성된 간이 악보를 찾아 〈아로하〉, 〈비 오는 거리〉 같은 곡을 연습하기 시작했다. 퍼커시브는 아르페지오와 마찬가지로 소리가 크지 않아 층간 소통이 원활한 집에도 적합했고, 중간중간 기타 줄을 때리며 내는 '착-' 소리가 리듬감을 더해 치는 재미가 쏠쏠했다.

글을 다듬고 있는 지금도 여전히 퍼커시브가 가장 자신 있고 즐겨 사용하는 주법이다. 탁구 초보가 어디서 요상한 서브 기술을 하나 배우고 나면 주야장천 그것만 사용하듯이, 나도 이 주법에 익숙해지자 곡에 어울리든 안 어울리든 대부분의 곡을 이 방법으로 연습했다. 그래서 그런지 퍼커시브는 몸에 진하게 배어 의식하지 않아도 손이 저절로 움직이는 느낌이다. 반대로 스트로크 주법은 여전히 어색하다. 오른손을 위아래로 계속 흔들어줘야 하니 아무래도 운동량이 많기도 하고, 피크라는 도구까지 몸의 일부인 양 자연스럽게 써야 하니 익숙해지는데 더 많은 노력과 훈련이 필요한 법인데, 환경이라는 제약 속에서 충분히 연습하지 못해 여전히 움직임은 뻣뻣하고 몇 번 흔들고 나면 쉬 피로해진다.

스트로크 주법은 안 맞는 친구처럼 노력해서 조금 친해졌다 싶다가도 며칠 연습을 쉬고 나면 급속도로 멀어지는 느낌입니다.

첫 번째 완곡

: 돌아보면 귀여운 추억이야

기타를 시작하는 사람의 최대 관심사는 이것이다. 초보자에게 적합한 곡은 무엇인가? 그리고 그 곡을 그럴듯하게 칠 수 있기까지 시간이 얼마나 걸리는가? 낯선 곳으로 향하기 전 우리에겐 내비게이션이 필요하다. 어느 방향으로 가야 하는지, 시간은 대략 얼마나 걸리는지, 가는 길에 막히는 구간은 얼마나 되는지…… 어렴풋이나마 알고 있어야 비로소 마음의 준비를 하고 액셀을 밟을 수 있다. 그러지 않으면 신나자고 떠난 여행길이 짜증과 분노의 상흔만 남긴 채 끝날지도 모른다.

얼마 전 연예인들이 평소 취미로 해보고 싶었던 것을

일반인들과 어울리며 배운다는 컨셉의 예능 프로그램을 준비하던 방송작가와 이야기를 나눈 적이 있다. 그 자리에서 작가는 어쩌다 기타를 시작하게 됐는지, 기타의 매력은 무엇인지, 기타는 몇 년 정도 쳤는지 같은 질문을 여러 개 던졌지만, 그의 최대 관심사는 결국 시간이었다.

"기타를 처음 접하는 사람이 그럴듯하게 한 곡을 치기까지 시간이 얼마나 필요할까요? 한두 달 안에 괜찮은 그림이 나올까요?"

한 곡을 마스터하는 데 얼마만큼의 시간이 소요되는가에 대한 대답은 사람마다 다르다. 기타 실력만큼이나 잘난 척도 뛰어난 사람에게 이런 질문을 한다면 건들거리는 뉘앙스로 "뭐, 한 달이면 되죠"라고 대답할 것이다. 조금 재수 없는 말투로 "소질이 있다면 말이죠. 음하하하"라고 덧붙여서 나도 모르게 꿀밤 주먹이 쥐어질지도 모른다. 세상만사 느긋하고 사람 좋은 얼굴을 한 사람이라면 너털웃음을 지으며 "음, 한 3~4개월은 잡아야 그럭저럭 한 곡을 칠 수 있지 않을까요?"라고 말할 것이다. 나로 말할 것 같으면…… 6개월이 걸렸다. 앞서 말했듯이 한 곡을 집중적으로 연습하지 않고 이 곡 저 곡 기웃거린 탓이다. 시중에 '4주 만에 끝내는 기타 연주법' 같은 책이 있다는 점과 보통 그런 책이 약속하는 기간이 일반적인 사람에게 턱없이 짧다는 점을 감안했을 때, 합리적인 대답은 2~3개월 정도가 아닐까? 기타 동호회에서도 '왕초보반(기타 입문자용 프로그램)'을 2개월 단위로 운영하는 걸 보면 아주 틀린 추정치는 아닐 것 같다.

내 첫 번째 완곡은 10cm가 리메이크한 故 김광석의 〈잊어야 한다는 마음으로〉였다. 쉬운 곡을 찾아 어슬렁거리던 왕초보의 눈에 우연히 포착된 곡이었다. 좋아하는 가수의 좋아하는 노래였고, 무엇보다 코드가 어렵지 않아 보였다. 게다가 기타 강좌 사이트에는 자세한 연주법이 적힌 악보와 초보자가 보기에도 '한번 해볼 법한데?'라고 생각하게 만드는 친절한 동영상 강좌가 올라와 있었다. 나는 퇴근길 정체처럼 꽉 막힌 취미생활이 확 뚫리길 바라며 유료 강좌의 결제 버튼을 눌렀다.

이번 시간에는 10cm의 〈잊어야 한다는 마음으로〉를 배워보겠습니다. 악보와 데모 연주에서 보셨듯이 몇 개의 코드가 계속 반복되는 구성입니다. 그리고 오른손 아르페지오는 거의 동일한 패턴! 몇 개의 코드와 기본 아르페지오 패턴만 알면 이 곡을 연주할 수 있습니다. 처음에 나오는 네 마디가 이 곡에서 여러 번 나오기 때문에 연습 영상을 보면서 확실히 익히도록 합시다.

이 곡이 내게 잘 맞았던, 그래서 다른 곡보다 더 오래 연습할 수 있었던 데에는 몇 가지 이유가 있다. 우선 한두 줄만 잡으면 되는 쉬운 코드가 대부분이었다. 두 번째로 아르페지오 주법이라 방음 기능을 상실한 낡은 집에서 연습하기 좋았다. 세 번째로 아르페지오 주법이긴 하지만 재빨리 한 줄씩 번갈아 치는 방식이라서 리듬감과 재미가 있었다. 마지막으로 정식 음원의 반주 역시 기타 한 대로 구성된 심플한 형태다 보니, 내가 연주하는 소리와 음원의 차이가 크지 않았다. 아무래도 다양한 악기로 연주된 원곡을 기타 한 대로만 치면 토핑 빠진 피자처럼 원래의 맛이 살지 않아 연주의 재미가 떨어지기 마련인데, 이 곡은 음원과 연주 소리가 비슷해 성취감이 더 컸다.

4,500원을 내고 결제한 강좌 영상에는 '30분 속성 마스터'라는 말머리가 붙어 있었지만, 그건 입문자의 헛헛한 마음을 현혹해 지갑을 열게 만드는 상술이었고, 나 같은 왕초보에게는 몇십 배의 시간이 더 필요했다(나도 언감생심 30분 만에 한 곡을 뗄 수 있을 거라고는 기대하지 않았다). 그래도 연습 과정은 즐거웠고, 연습이 즐거운 만큼 솜씨도 나날이 나아졌다. 그렇게 몇 주의 노력이 쌓여 "잊어야 한다는 마음으로"라고 시작한 노래를 "하얗게 밝아온 유리창에 썼다 지운다. 널 사랑해"라고 끝맺을 수 있게 됐다.

내가 소음이 아닌 음악다운 소리를 낼 수 있다는 걸 알았을 때, 내 손끝에서 시작된 음들이 내 손의 움직임에 맞춰 부드럽게 올라갔다 내려가길 반복하고, 그러면서 어떤 선율을 이루고, 노래와 만나 여태껏 들어왔던 음악의 모습을 갖췄을 때, 나는 조금 벅찼다. 사회생활을 시작하며 처음 받은 명함처럼 기타 세계에서 왕초보 기타리스트라고 새겨진 명함을 받은 기분이었다.

예전 어느 인터뷰 기사에서 다이어트에 성공하기 위해서는 몸에 대한 재미를 한번 봐야 한다는 글을 읽은 적이 있다. 운동이든 식이요법이든 노력을 통해 자기 몸이 변하는 재미를 한번 느끼고 나면 자연스레 지속성이 생긴다는 내용도 함께. 비록 나는 그간 몸이 변하는 재미를 보지 못해 몸무게가 물가상승률처럼 일정하게 늘고 있는 실정이지만, 기타는 달랐다. 어설프게나마 한 곡을 완곡한 경험은 안 그래도 집돌이인 나를 더 일찍, 더 자주 집에 가고 싶게 만들었다. 나는 기계나 다른 사람의 도움 없이 오로지 내 손과 내 목소리로 무언가를 해내고 있다는 사실에 뿌듯함을 느꼈고, 그건 회사라는 공동의 작업장에서는 느끼기 어려웠던 순도 높은 즐거움이었다.

그다음이 기대되는 처음

사실 당시의 연주를 녹음한 걸 들어보면 이걸 완곡이라고 표현해도 되나 싶을 정도로 조악하다. 연주는 툭툭 끊기고 박자는 들쑥날쑥하고. 그래도 이 곡이 기타 취미생활의 첫 번째 터닝 포인트였던 것만은 분명하다. 그전까지의 연주가 일종의 소꿉장난 같은 것이었다면, 적어도 이 곡은 기승전결을 갖춘 음악의 모습이었으니까. 그리고 무엇보다 앞으로의 시간이 더 즐거울 것 같다는 기대를 품게 됐으니 말이다.

돌이켜보면 '첫-', '처음-'이라는 단어로 수식되는 경험 대부분이 기대나 바람만큼 아름답지는 않았던 것 같다. 처음 만난 여자친구와의 첫 번째 뽀뽀는 공원 으슥한 곳으로 향하는 발걸음부터 말투까지 발연기 배우처럼 부자연스러웠고, 대학생 때 처음 타본 국제선 비행기는 탑승 전에 뭣도 모르고 숙면을 한 덕분에 열 시간 넘는 비행이 아주 곤욕이었다. 사회생활을 시작하고 처음 해본 프레젠테이션 역시 횡설수설한 탓에 부끄러운 기억으로 남았다.

처음이라 모자랐던 경험이 귀여운 추억으로 변색되기 위해서는 아무래도 시간이 필요한 것 같다. 익숙해지고 능숙해질 시간이. 그리고 어느 정도 시간이 지나 마음이 편해지고 나면 처음을 돌아보며 '그때는 좀 귀여웠네' 하고 미소 지을 수 있게 되는 것 같다. 나의 첫 번째 완곡도 그렇게 잊히지 않는 추억이 됐고, 조금씩 귀엽고 소중

한 기억으로 변해가고 있다.

인터뷰를 진행했던 방송작가가 준비하던 프로그램은 JTBC <취향존중 리얼라이프-취존생활>이었고, 방송에 출연해 동호회에 다니며 기타를 배운 연예인은 이연복 셰프였습니다.

타브 악보

: 음표는 아니지만 그래도 악보예요

기타 연주의 기본적인 형태는 왼손으로 코드를 잡고 오른손으로 리듬을 넣어주며 반주를 하는 것이다. 이때 노래까지 더해주면 먼 옛날 음악 선생님이 말씀하셨던 음악의 3요소, '화성, 리듬, 멜로디'가 완성된다.

하지만 코드만 연주할 때 기타 연주는 다소 밋밋한 편이다. 멜로디를 담당하는 오른손 없이 왼손으로만 치는 피아노 연주를 듣는 것과 비슷하달까. 그래서 기타는 코드를 연주하는 동시에 이런저런 기교로 꾸밈음을 넣어주고 멜로디 라인도 좀 표현해주고 해야 연주가 다채로워진다. 그렇게 연주의 난도가 조금씩 높아지면서 악보의 모습도 달라지기 시작하는데, 이전에 보던 것이 노랫말과 노랫말 위에 마디 구분도 없이 코드만 무심하게 적혀 있는 지극히 미니멀한 스타일이었다면 새롭게 만나는 악보는 선도 여러 개 그려져 있고 알 수 없는 숫자와 문자로 가득 채워져 있는 모습이다. 이걸 타브 악보라고 부른다. 타브 악보는 기타 연주를 위한 악보로서 일반적인 악보가 오선지라 하여 다섯 줄로 이뤄진 것과 달리 줄 여섯 개로 이뤄져 있다. 타브 악보가 왜 여섯 줄인고 하니, 당연히 기타 줄이 여섯 개이기 때문이다.

내가 타브 악보와 친해진 건 〈혜민쌤의 스트럼스타일〉이라는 카페 덕분이다. 이곳은 취미 기타인들에게 제법 명성이 높은 곳으로 두 가지 측면에서 유명한데, 하나는 화려한 기교로 가득 찬 연주가 몹시 멋지다는 것이고, 다른 하나는 그 화려함이 과해서 난이도 별 하나짜리 곡도 무진장 어렵다는 사실이다. 기타계의 혜민쌤은 혜민스님과 달리 손놀림에 자비가 없었고, 별 하나짜리 곡에도 슬라이드(기타 줄을 누른 채 프렛을 옮겨 다니는 기술)나 해머링 온(기타 줄을 튕기고 망치로 눌러주듯 새로운 프렛을 잡는 기술) 같은 기교를 듬뿍 넣어 의욕과 현실이 9억만 리쯤 떨어진 초보자를 좌절케 했다.

그래도 별표 하나짜리 곡 중에는 나름 해볼 만하다는 마음과 해보고 싶다는 마음이 적절히 짬뽕되어 도전 의식을 불러일으키는 곡이 몇 개 있었는데, 그중 하나가 장필순의 〈나의 외로움이 널 부를 때〉였다. 도입부에 울리는 기타 소리가 무척 아름답고 기타 중심의 심플한 반주와 서정적인 노랫말이 잘 어우러지는 곡이다. 혜민쌤 카페에서 이 곡의 연주 영상을 처음 봤을 때 부드럽게 이어지는 반주의 분위기가 포근하면서도 동에 번쩍 서에 번쩍 프렛을 옮겨 다니는 다른 곡과 달리 손의 움직임도 모범생처럼 얌전했기 때문에 한번 해볼 만하겠다는 생각이 들었다. 나는 혜민쌤이 카페에 올린 손글씨 타브 악보를 출력해두고 강좌 영상을 보며 한 마디씩 따라 하기 시작했다.

처음 타브 악보를 봤을 때 가장 어색했던 부분은 여섯 줄로 된 타브 악보의 가장 윗줄이 기타를 잡았을 때 가장 윗줄인 6번 줄과 대응될 것 같았는데 정확히 그 반대라는 점이었다. 그래서 타브 악보를 볼 때마다 어디가 6번 줄이고 어디가 1번 줄인지 몹시 헷갈렸다. 그러던 어느 날 평소처럼 허접한 연주와 늘지 않는 실력에 실의에 빠져 연습을 하다 말고 벽에 기대 거의 누운 포즈로 앉아 있는데, 품에 눕혀진 기타를 바라보니 그 자세일 때 보이는 기타 줄과 타브 악보 줄의 순서가 일치한다는 걸 깨달았다. 기타 1번 줄이 가장 위에 있고 기타 6번 줄이 가장 밑에 있는. 그 뒤로는 타브 악보를 보다 어디가 6번 줄이고 어디가 1번 줄인지 혼란스러울 때면 엉덩이를 앞으로 쭉 빼고 반쯤 누워 그때 보이는 기타 줄의 순서를 확인하곤 했다.

타브 악보에는 알 수 없는 숫자가 빼곡하게 적혀 있다. 어떨 때는 숫자가 하나만 있기도 하고, 어떨 때는 여러 줄에 여러 숫자가 적혀 있기도 하다. 이 숫자는 몇 번째 프렛을 누르고 탄현해야 하는지를 가리킨다. 예를 들어 타브 악보 가장 밑줄에 3이라는 숫자가 적혀 있다면 6번 줄 3프렛을 누르고 6번 줄을 튕겨주라는 말이고, 두 번째와 세 번째 줄에 각각 0이라고 적혀 있다면 2번 줄과 3번 줄을 튕기되 왼손으로는 아무 프렛도 잡지 말라는 의미이다.

그렇게 타브 악보를 보며 〈나의 외로움이 널 부를 때〉의 연주법을 하나씩 익혀나갔다. 이 곡은 전주 부분의 기타 연주가 멜로디 변화도 담고 있으면서 아주 어렵지는 않아 연습하는 맛이 있었고, 〈잊어야 한다는 마음으로〉처럼 원곡의 반주가 기타 중심의 심플한 구성이라 반주하며 노래하는 재미가 있었다. 그렇게 연습을 하며 복잡한 수학 공식처럼 느껴졌던 타브 악보도 자연스럽게 익숙해졌다.

순항하던 이 곡의 위기는 예상치 못한 곳에서 찾아왔다. 혜민쌤이 올린 영상은 장필순의 원곡을 리메이크한 성시경의 버전이었는데, 연주의 편의를 위해 한 키 높게 세팅돼 있었다. 나는 전주와 1절 앞부분까지는 그럭저럭 따라 했으나 후렴에 이르자 기타 연주는 계속할 수 있되 목소리 음이 올라가지 않았다. 진성으로 낼 수 있는 음역대도 낮은데 가성도 잘 나오지 않는 내 조악한 성대는 "그늘진 너의 얼굴이"라는 후렴 가사를 부를 때 굳게 닫혀 아무 소리를 내지 못했고, 그저 풍선 바람 빠지는 소리만 가끔 낼 뿐이었다.

기타도 기타지만 노래까지 세트로 부르고 싶던 나는 올라가지 않는 1절 후렴에 속이 상해 완곡을 향한 열정까지 꼬깃꼬깃 구겨 버렸다. 자연스럽게 다른 강좌 영상을 시청하기 시작했고 마침 구미가 당기는 곡이 있어 재빨리 연습곡을 환승해버렸다(여러분, 습관이란 게 이렇게 무서운 겁니다……). 그렇게 나의 외로움은 끝내 너를 부르지 못한 채 흐지부지 마무리됐지만, 교훈만큼은 확실히 얻었다. 연습곡을 정하기 전에 음이 올라가는지 반드시 확인을 해야 한다는…….

이런 경우, 기타 줄의 튜닝을 반음씩 낮추는 방법도 있습니다만, 이 곡 저 곡 깨작깨작 연습하는 저는 그때그때 튜닝을 바꾸는 게 번거로워 이 방법을 잘 사용하지 않는 편입니다.

변화의 계기

: 제자리걸음은 할 만큼 했으니

여자친구와는 오래 만났다. 20대 끝자락에 만나기 시작했으니 그사이 강산은 반도 넘게 변했다. 인연이 길어지면 사소한 이벤트는 건너뛰게 되는데, 거기에는 빼빼로데이나 밸런타인데이 같은 상업적 기념일이 포함된다. 우리는 그런 날에 만나지 않을 때도 많거니와 만나더라도 보통 선물을 주고받지는 않는다. 가끔 회사 근처 카페에서 파는 수제 쿠키가 너무 맛있어 보여 사지 않을 수 없었다는 식의 사소한 선물을 주고받긴 하는데, 그런 때에도 김영란법을 위반하지 않을 정도의 작고 소중한 선물을 하는 편이다. 종교가 없는 우리에게는 크리스마스

역시 주말과 별반 다르지 않은 휴일일 뿐이라서 비싼 식당을 예약해 특별한 시간을 보내기보다 바깥세상의 번잡함을 피해 주로 집에서 만나는 편이다. 그리고 이런 집 데이트는 몇 해에 걸쳐 나름 전통처럼 굳어졌다.

크리스마스였던 그날도 집에서 데이트할 요량으로 대형마트 입구에서 그녀를 만났고 집에서 구워 먹을 소고기와 채소, 함께 마실 와인과 맥주 따위를 카트에 집어넣었다. 곁들여 먹을 '세 팩 만 원' 샐러드도 담았다. 내가 좋아하는 단호박 샐러드와 그녀가 좋아하는 푸실리 파스타 샐러드, 치킨 텐더가 올라간 양상추 샐러드 같은 것들로. 집에 돌아와 샐러드를 그릇에 옮겨 담고 고기를 굽고 와인을 잔에 따르며 우리만의 조촐한 파티를 시작했다.

맛있는 음식에 술을 곁들이니 어느새 취기가 올랐고, 나는 술기운에 기분도 좋아졌겠다, 나름 연습한 곡들도 제법 쌓였겠다, 메들리처럼 들려주겠다며 기세 좋게 기타를 집어 들었다. 〈잊어야 한다는 마음으로〉로 시작해, 〈내 사랑 내 곁에〉, 〈비 오는 거리〉를 연주했고, 윤딴딴의 〈밤에 잠이 안 올 때〉라는 곡도 몇 마디 쳤다. 윤딴딴의 노래는 당시 정식 앨범이 발매되기 전이었는데, 콘서트에 갔다가 기타 소리가 너무 좋아 유튜브에 올라온 '직촬' 영상을 보며 정말 한 음 한 음 따서 연습한 곡이었다. 절대음감과 절대적으로 거리가 먼 나는 어떤 음을 듣더라도 이것이 솔인지, 라인지, 파인지 전혀 구별하지 못한다. 악보도 없는 곡을 카피하기 위해 나는 철저히 시력에 의존해 영상 속 손 모양을 보며 어떤 코드를 잡고 어떤 줄을 치고 있는지 하나씩 메모를 했다가 기타로 따라 쳐보며 맞는 소리를 찾아나갔다. 음악에도 노가다가 있을 수 있었다.

이전에도 그녀와 전화 통화를 하다가 연습한 부분을 들려주곤 했었다. 그녀는 아이가 엉금엉금 기다 뒤뚱뒤뚱 걷는 모습을 지켜보듯, 나의 느린 성장을 제법 대견하게 봐줬다. 하지만…… 그날 그녀의 표정은 차가웠다. 공들여 지도했는데 성적이 전혀 오르지 않는 학생을 마주한 선생의 얼굴이었다.

기타를 치는 입장에서 코드를 제대로 짚지 못해 생기는 불쾌한 소리는 초보라서 어쩔 수 없는 귀여운 실수라 생각했지만, 듣는 입장에선 그저 소음이고 듣기 거북한 소리였다. 코드를 바꾸느라 중간중간 기타 연주가 끊어지는 부분은 치는 사람에겐 어디를 짚어야 할지 바쁘게 머리를 쓰는 중이라 별로 길게 느껴지지 않았지만, 듣는 사람에게는 감상을 방해하는 억겁의 시간이었다. 게다가 그녀는 어릴 적 피아노를 배운 덕분에 음감이 뛰어난 편이었고, 거슬리는 소리를 귀신같이 딱딱 캐치해냈다. 그녀는 차분하면서도 싸늘한 말투로 말했다.

"오빠, 집에서 혼자 연습하지 말고 학원이든 동호회든 어디 가서 배우는 게 낫지 않아? 나름 한다고 했는데 연주가 너무 별로야. 소리도 너무 끊기고. 끝까지 제대로 연주하는 곡도 아직 없고. 1년 동안 한 게 이 정도밖에 안 된다면 독학은 그만두는 게 맞는 것 같아."

나는 〈잊어야 한다는 마음으로〉는 괜찮지 않았냐고 묻고 싶었지만 그 말을 차마 입 밖으로 꺼내지는 않았다. "그렇지?"라는 수긍과 동조의 말을 뱉고는 술을 한 모금 들이켰다. 달콤한 와인이었지만, 아주 달콤하지는 않았다.

평소보다 온도가 떨어진 그녀의 말은 알고는 있었지만 마주하고 싶지 않았던 현실을 바라보게 했다. 기타 세계의 지진아라는 현실. 어디 가서 기타를 1년간 쳤다고 말하기에 부끄러운 실력이라는 현실. 누가 기타 한번 쳐보라고 권했을 때 할 수 있는 게 거의 없다는 초라한 현실. 그리고 그 생각은 이대로는 안 되겠다는 위기감으로 이어졌다.

다음 날 입을 앙다물고 홍대입구역 인근에서 매주 모임을 한다는 기타 동호회 회장에게 문자를 넣었다. 장미여관의 노래 제목을 패러디한 이름의 동호회였다. 사실 이전부터 그들의 네이버 카페에 접속해 악보를 다운로드하고 강좌 영상을 시청하기는 했었다. 회장으로 보이는 사람이 올린 글과 영상은 쉽고 유쾌했으며, 초보자 맞춤형이라 내 수준에도 잘 맞았다. 언젠가 혹시라도 동호회에 가게 된다면 여기가 괜찮겠다고 막연히 생각하기도 했었다. 마침 카페 공지사항란에는 1월 동호회 회원을 모집한다는 글이 올라와 있었고, 나는 글 끄트머리에 적혀 있는 회장의 연락처를 입력하고 또박또박 한 글자씩 적어나갔다.

"안녕하세요, 송정훈이라고 합니다. 나이는 서른셋이고 직장인입니다. 목요반에서 활동하고 싶은데, 가능할까요?"

때는 연말, 새해를 앞두고 새로운 결심을 하기 좋은 날이었다.

내게 맞는 방법을 찾아서

서른셋이라는 나이는 이미 손가락이 뻣뻣해질 대로 뻣뻣해져 악기를 배우기에 늦은 나이일지도 모른다. 새벽같이 일어나 늦은 저녁까지 관광지를 쏘다니는 타이트한 여행이 노년에 어울리지 않듯이, 음악의 이응 자도 모르고 악기를 잡아본 적도 없는 30대 직장인에게 독학은 무리였을지도 모른다. 여행 초보가 떠나는 낯선 여행지였기에 더더욱 가이드가 필요했던 것 같기도 하다.

어디선가 멋들어지게 연주를 하곤 "아니, 송정훈 씨는 어디서 기타를 배웠길래 이렇게 특색 있게 연주를 하는 거죠?"라는 질문을 받으면, "혼자 했습니다. 경복궁역 인근에 있는 방음이 되지 않는 낡은 빌라 2층에서 말이죠"라고 대답하고 싶었던 나의 공상은 그렇게 조기 종영됐다. 끝이 창대할지 참담할지는 알 수 없지만, 시작만큼은 분명히 미약했던 기타 인생의 1막은 그렇게 막을 내렸다.

가입한 동호회 이름은 '봉숙아 기타칠래?'입니다. 기타 동호회에 관심이 있다면 한번 놀러 오세요!

2장

혼자서는 재미없으니까, 기께이

첫 만남의 순간,
이미 많은 것이 결정되는 것 같다.
소개팅에 나가 상대방과 마주하는 찰나에
'내가 이 사람과 사귀겠구나' 느끼기도 하고,
출근 첫날 회사 입구에서 느낀 불안감은
나쁜 현실이 되어 돌아오기도 한다.
8시부터 10시까지 손끝이 아릴 정도로 연습한 다음,
함께 피자를 시켜 먹고 집으로 돌아오는 택시에서
그런 생각을 했다.
왠지 이 동호회를 오래 다니게 될 것만 같다고.

동호회 입문

: 내성적이지만 연주는 함께하고 싶어

덜컥 가입은 했지만, 마음이 편치는 않았다. 집과 침대와 이불을 사랑하는 집돌이에게, 하루 걸러서는 몰라도 연달아서는 절대 약속을 잡지 않는 내성적인 사람에게, 낯선 사람들과 함께하는 낯선 공간에서의 낯선 시간은 두려움의 대상이니까. 첫 번째 근심 걱정은 자기소개였다. 나는 새로운 사람들에게 둘러싸여 자기소개 하는 게 싫었다. 아무래도 대학생 때 큰 소리로 자기소개를 해야 했던 경험이 나쁜 기억으로 남은 것 같다.

대학교 신입생 OT에서 선배들이 시킨 자기소개는 "한 박자 쉬고 두 박자 쉬고 세 박자 마저 쉬고 하나 둘

셋 넷"이라는 구령에 맞춰 "안녕, 안녕, 안녕하십니까!" 라고 힘차게 소리친 다음, 수식어를 활용해 유쾌하게 자기 PR을 하고 "당차게 인사드립니다"라고 마무리를 짓는 것이었는데, 식당에서 메뉴를 주문할 때도 "여기요" 라고 소리치기보다 점잖게 손을 들고 기다리는 선비 같은 심성의 내게 그런 방식의 자기소개는 입을 떼는 것부터가 도전이었다. 어찌어찌 재미도 감동도 없이 하긴 했으나 당차지 않은 것만은 분명했던 그 경험 이후로 어쩐지 자기소개는 궁합이 영 맞지 않는 상사처럼 피하고 싶은 것이 되고 말았다.

또 다른 고민은 실력과 나이였다. '다들 엄청난 실력잔데, 나만 너무 못 치면 어떡하지?', '어린 사람들이 대부분이라 나 같은 30대가 낄 자리가 아닐지도 몰라' 같은 쓸데없는 생각이 꼬리에 꼬리를 물었다. '기타는 대충 치고 술이나 먹자는 분위기면 그땐 또 어떡하지? 새로운 곳을 미리 알아둬야 하나?' 같은 부질없는 걱정도 했다. 다행히 그때는 한 해를 시작하는 1월이었고, 새해를 시작하는 사람의 마음은 아무래도 '귀찮음'보다는 '의욕 있음' 쪽으로 기울어져 있기 마련이라 나는 머리를 좌우로 흔들어 두려움과 잡생각을 날려버리곤 건물 2층으로 올라갔다.

어쩐지 느낌이 좋아

한국의 많은 모임이, 특히 친교를 기반으로 하는 동호회 모임이 정시에 시작된다는 건 회식이나 체육대회로 단합을 이뤄내는 것만큼이나 어려운 법이다. 신입 회원답게 8시 정각 5분 전에 도착한 나는 그날 참석하기로 한 여덟 명 중 두 번째로 도착을 해버렸다. 평일 모임을 이끄는 동호회 회장이 첫 번째였고, 내가 그다음이었으니 매주 목요일마다 동호회에 나오는 멤버 중에서는 제일 먼저 온 셈이었다. 나머지 사람들은 짧게는 몇 분, 길게는 20분쯤 늦었다. 낯선 공간에서 낯선 사람들이 만들어내는 어색한 공기, 그리고 어색한 인사……. 느지막이 도착해 "반갑습니다. 오늘 처음 온 누구예요"라고 인사를 했다면 그 불편함의 시간이 짧았겠지만, 지나치게 성실한 나는 몇 분 간격으로 들어오는 기존 회원들에게 어색한 인사를 반복할 수밖에 없었다. 안녕하세요, 안녕하세요, 안녕하세요…….

사람들이 어느 정도 모였을 때, 자기소개를 했다. 아무래도 동호회라는 곳이 사람들이 빈번하게 드나드는 곳인 만큼 다들 이 절차에 익숙한 듯 보였다. 동호회 회장은 이름, 나이, 사는 곳, 하고 싶은 말이라는 네 가지 항목을 정해줬고, 자기소개는 그에 맞춰 간결하게 진행됐다. "송정훈이고요, 서른넷입니다. 경복궁역 근처에 살아요. 기타 독학해봤는데 잘 안 돼서 가입했습니다. 잘 부탁드립니다." 신입인 나를 위해 다른 회원들도 돌아가며 소개를 했다. 그렇게 자기소개 걱정은 무탈하게 넘어갔고, 회원들의 나이를 들으며 '내가 아주 많은 편은 아니구나' 하며 나이 걱정도 한시름 놓았다.

기타 동호회는 매달 한 곡을 정해 함께 연습하고, 마지막 주에 돌아가며 한 곡씩 발표하는 식으로 운영되고 있었다. 다만, 회원들 수준이 천차만별이기 때문에 발표할 곡은 자율적으로 정한다고 한다. 함께 연습한 곡을 선택할 수도 있고, 다른 곡으로 정할 수도 있다. 중요한 것은 고막 테러가 되든 고막 정화가 되든 한 곡을 한 달 동안 부리나케 연습해 다른 회원들 앞에서 발표해야 한다는 거다. 발표는 동호회 방 안에서 사람들 앞에 나가 기타를 치고 노래를 하는 조촐한 형식으로 이뤄지지만, 분위기만큼은 제대로 갖추려고 아프리카 TV 생방송으로 진행된다고 한다. 뭔가 체계적이고 전문적인 설명을 들으며 잠시 이런 생각을 했다. 다음 주부터 오지 말까?

1월 연습곡은 슈가볼의 〈농담 반 진담 반〉이었다. 기타 동호회 운영진(총 세 명이라고 하며, 한 명은 평일 반을 이끌고, 다른 한 명은 주말 반을 이끌며, 나머지 한 명은 큰 행사가 있을 때마다 준비와 진행을 돕는다)이 셔플 리듬의 원곡을 기타 한 대로 치기 좋게끔 편곡하여 악보를 준비해 뒀고, 그 악보와 운영진의 시범을 보며 몇 마디씩 함께 연습하는 식이었다. 여기서 셔플 리듬이란 쿵과 짝의 박자가 균일하게 쪼개지는 보통 리듬과 다르게 쿵과 짝의 길이가 다른 리듬이다. 쿵이 2/3, 짝이 1/3을 담당해 폴짝폴짝 뛰는 경쾌한 느낌을 낸다. 처음 접하는 리듬과 몇몇 낯선 코드에 버벅거리고 있자 곁에 앉은 회원들이 도움을 줬다.

"그렇게 프렛과 프렛 중간을 잡지 말고 최대한 끝 쪽을 잡아야 소리가 예쁘게 나요."

"A7sus4코드를 엄지와 약지로 잡으실 땐, 아무것도 하지 않는 가운뎃손가락은 살짝 오므려줘야 해요. 그렇게 빳빳하게 세워두면 보는 사람 욕하는 것 같거든요. 호호."

"중간중간 '착-' 소리를 낼 땐 조금 더 힘껏 치셔야 소리도 좋고 리듬감이 살아요. 처음엔 손이 아플 수도 있겠지만, 의식적으로 세게 치려고 노력해보세요."

이건 유튜브 세계의 선생님들로부터는 들을 수 없었던, 즉각적인 피드백이자 쌍방향 소통이었다. 길을 잃고 헤매던 어린 양에게 내려온 한 줄기 빛이자 구원의 손길이었다. 홀로 독학하며 놓쳤던 부분, 잘못 연습했던 지점을 바로잡아주는 따뜻한 조언을 들으며 오기 전에 느꼈던 걱정과 긴장이 조금씩 녹아내렸다. 한 가지 더 다행스러웠던 건 어설프게나마 독학을 했던 덕분인지 내가 아주 떨어지는 실력은 아니었다는 것이다. 굳이 따진다면 중간에서 조금 빠지는 정도랄까?

학창 시절 집에서 할 때와 독서실에서 할 때 공부의 집중 정도가 다르듯이 이곳에서 함께하는 연습의 밀도는 굉장했다. 집에서 연습할 때는 TV를 보며 설렁설렁한 적도 많았고, 5분 치고는 10분간 핸드폰을 만지작거리는 식이었는데, 이곳에서는 정말 쉴 틈 없이 기타 줄을 튕겼다. 고작 두 시간 해보고 할 소린 아니겠지만, 이곳에 꾸준히 다니기만 하면 기타 실력이 금방 늘 것만 같았다.

첫 만남의 순간, 이미 많은 것이 결정되는 것 같다. 소개팅에 나가 상대방과 마주하는 찰나에 '내가 이 사람과 사귀겠구나' 느끼기도 하고, 출근 첫날 회사 입구에서 느낀 불안감은 나쁜 현실이 되어 돌아오기도 한다. 8시부터 10시까지 손끝이 아릴 정도로 연습한 다음, 함께 피자를 시켜 먹고 집으로 돌아오는 택시에서 그런 생각을 했다. 왠지 이 동호회를 오래 다니게 될 것만 같다고. 직업도 다르고 외모도 다르고 성격은 더 다를 것 같았지만, 비슷한 즐거움을 공유하는 사람들이라 그런지 왠지 친근했고 편안했다. 내성적인 사람에게 이런 경험은 정말 흔치 않은 일이다. 모임의 잔향이 길게 남아 쉽게 잠 못 들던 그날 밤, 괜히 기타 줄을 튕기다 늦게 잠이 들었다.

동호회는 31개월간 다녔고 지금은 잠시 쉬고 있습니다. 얼른 돌아가 대학교처럼 4년을 채우고 싶어요.

동호회의 연습법

: 적당히 빡빡하고 적당히 느슨한

저희는 학원이 아닙니다. 저는 기타 선생님이 아닙니다. 여기는 홍대 기타 동호회입니다. 저는 스터디 그룹의 리더 정도라고 보시면 적당할 것 같네요. 그러나 웬만한 쌤보다 훨씬 나은 기타 교육이 기다리고 있다는 건 안 비밀!

저희는 꾸준히 같이할 사람을 찾습니다. 정말 치기 어려운 기타, 서로 힘이 되어주면서 꾸준히 한번 쳐보자고요.

기타 초보도 좋고, 기타 중수도 좋습니다. 기타를 같이 배우고 즐기고 싶으신 분들, 어서 오세요, 환영합니다!

_기타 동호회 인원 모집 글 중에서

내가 참여하고 있는 반은 목요반으로 매주 목요일 저녁 8시까지 동호회 방으로 모인다. 정각이 되면 기타 기본기 중 하나인 크로매틱 스케일 연습을 시작한다. 크로매틱 스케일이란 기타 가장 위에 있는 줄의 첫 번째 프렛을 왼손 검지로 누른 채 오른손으로 튕겨준 뒤, 중지로 두 번째 프렛, 약지로 세 번째 프렛, 새끼손가락으로 네 번째 프렛을 순차적으로 눌러주며 소리를 낸 다음 그 아래 줄로 내려가서 똑같은 행동을 반복하는 연습이다(크로매틱은 '반음의'라는 뜻이고 스케일은 '음계'이니, 크로매틱 스케일은 반음 간격으로 늘어놓은 음계를 뜻한다).

크로매틱 스케일은 멜로디나 하모니를 이루는 게 아니라, 기타 줄을 잡는 왼손과 기타 줄을 튕기는 오른손의 타이밍을 맞추는 훈련이자 기타 줄을 잘 운지할 수 있도록 손가락의 힘을 키우는 방법이다. 권투 선수가 체력을 키우기 위해 줄넘기를 하고, 보컬리스트가 단단한 소리를 만들기 위해 매일 발성 연습을 하는 것과 같다고 할 수 있는데, 보통 그런 류의 훈련이 그렇듯 재미는 없다.

그래서 다들 싫어한다. 이걸 피하고 싶어 하는 회원들의 암묵적인 합의와 퇴근이 늦은 사람들로 인해 실상 이 연습을 한 적은 많지 않고, 보통 각자 하고 싶은 연습을 하고 수다를 떨며 앞 시간을 보낸다.

10~15분 정도 지나 사람들이 모두 모이면 본격적인 1주 차 연습이 시작된다. 한 치의 오차도 없이, 세팅된 속도와 박자로 딱딱 소리를 내는 인간미 없는 메트로놈을 켜고 그달의 연습곡에 주로 사용되는 오른손 주법부터 연습한다. 코드를 잡는 왼손보다 오른손 주법을 먼저 익히는 이유는 오른손이 잘 움직여야 연주가 연주다울 수 있기 때문이다. 오른손의 움직임이 멈춰 리듬이 끊기는 순간 음악의 감흥도 깨지기 때문에 오른손은 쉴 틈 없이 그라운드를 누볐던 박지성처럼 멈춤 없이 움직여야 한다. 코드를 바꿀 때면 왼손으로 코드를 제대로 잡고 나서야 오른손을 다시 움직였던 내게 꼭 필요한 연습법이었다. 오른손 주법이 어느 정도 익숙해지면 그때부터 왼손과 오른손을 함께 사용해서 한 마디씩 연습을 시작한다.

원곡보다 훨씬 느린 속도에 메트로놈을 맞춰놓고 회

장이 먼저 시범을 보인다. 그를 따라 몇 마디씩 따라 하다가 어느 정도 익숙해졌다 싶으면, 메트로놈 속도를 5bpm 단위로 높여가며 원곡의 템포에 다다를 때까지 반복해 연습한다. 함께 연습할 때에는 회장의 고운 기타 소리가 앰프를 타고 빵빵하게 울리기 때문에 그 소리가 내 것인 양 착각에 빠져 기분 좋게 연습을 하게 된다. 그러다 중간중간 잘 따라오고 있는지 확인하기 위해, 또 부족한 점을 피드백해주기 위해 한 명씩 돌아가며 연습한 부분을 독주하게 하는데, 그때마다 연예인 사진을 보여주고 머리카락을 자른 날처럼 슬퍼진다. 왼손은 버벅거리고 소리는 투박하고 삑사리는 자꾸 나고.

이런 식으로 연습을 10시까지, 한 시간 반 정도 한다. 그러고 나면 정신없이 일한 날의 퇴근길처럼 하얗게 불태웠다는 느낌이 든다. 탁구 동호인들이 스매싱 자세가 몸에 배도록 수백 번 반복하고, 농구 동호인들이 슈팅 감각을 키우기 위해 쉼 없이 공을 던지듯, 우리도 메트로놈에 맞춰 계속 손 쓰는 훈련을 한다. 이 연습법을 알고 난 뒤 종종 집에서도 시도해보긴 하는데 잘 되지는 않는다. 재미가 없기 때문이다. 그래도 동호회 안에서는 할 만하다. 매도 같이 맞으면 맞을 만한 법이다.

1주 차 연습에서는 보통 인트로부터 1절의 절반 정도를 다루고, 이어지는 2주 차에 1절의 나머지 부분과 간주 부분을 배운다. 2주 차에도 연습 방법은 똑같다. 회장이 시범을 보이면 우리는 따라 하고, 느린 템포로 시작해 점점 속도를 높여가고. 2주라는 시간 동안 곡 전체를 다루진 못하지만, 보통 1절의 패턴이 2절에 반복되는 경우가 많고, 운영진이 만든 악보에 상세한 연주법이 적혀 있기 때문에 실력 있는 사람들은 나머지 부분을 어려움 없이 마스터한다.

이제라도 만나서 다행이야

3주 차에는 그다음 주에 발표할 곡을 각자 연습한다. 발표곡은 1주 차에 정하는데, 첫 주부터 정하는 이유는 동호회 회장이 초보들에게 도움을 줄 시간적 여유를 갖기 위해서다. 발표곡을 정하면 동호회 회장은 잡기 쉬운 코드로 연주할 수 있도록 악보를 만들어주기도 하고, 이미 인터넷에서 악보를 구한 경우라면 어려운 부분을 쉽게 칠 수 있도록 바꿔주거나, 연주가 조금 더 재미있어지도록 몇 가지 기교를 알려주기도 한다. 다만, 모든 회원에게 이런 정성스러운 서비스를 제공하기에는 회장의 시간과 에너지가 한정적이다 보니, 실력이 어느 정도 쌓인 사람들은 알아서 준비를 하는 편이다.

8시부터 9시까지 한 시간 남짓 연습을 한 다음, 남은 한 시간 동안 리허설을 한다. 회원들 앞에서 기타 치고 노래하며 반성과 각성의 순간을 맞이한다. 이렇게 준비했다가는 다음 주 발표에서 망신을 당하겠구나, 하며. 모든 것에는 다 때가 있고 벼락치기에도 때가 있는데, 그 시기가 바로 3주 차부터 4주 차 사이의 시간이다. 3주 차 리허설을 경험하며 너절한 기타 실력에 대한 현실감각을 회복한 이들은 부끄러운 추억을 만들지 않기 위해 퇴근이 늦었더라도 기타를 잡고, 주말에도 가족과 이웃에게 민폐를 끼치는 죄송함을 무릅쓰고 연습에 매진한다.

그렇게 맞이한 4주 차 발표일. 한 시간 동안 연습과 리허설을 한 다음 9시 정각에 발표회가 시작된다. 발표회는 아프리카 TV 생방송으로 중계되며, 그 방송에는 손으로 셀 수 '있을' 정도의 시청자가 접속한다. 주로 다른 요일에 활동하는 동호회 회원들이다. 가끔 아프리카 세계를 떠돌던 여유로운 자들이 들어오기도 하는데, 보통 한두 곡 듣고는 떠난다. 힘내세요, 열심히 하세요, 더 열심히 해야겠네요,라는 말을 남기고……. 고맙게도 다른 반 회원들은 우리의 부족한 연주에도 박수를 보내고, 한 달간 고생하셨다는 격려의 메시지를 채팅창에 남긴다. 그렇게 한 달의 시간이 마무리되고, 어설플지언정 한 곡이 레퍼토리에 추가된다. 마지막 4주 차에는 뒤풀이도 조금 더 성대하게 하는 편이다. 맥주 한잔 먹을 거 소맥으로 마시고, 치킨 집에 가던 거 삼겹살 집에 가는 식으로.

나중에 안 사실이지만, 이 동호회는 학원에 가까운 모습이었다. 인근에 있는 또 다른 기타 동호회는 정해진 시간에 모여 개별 연습을 하다 발표만 한다고 하고, 우리처럼 운영하되 연습은 짧게 뒤풀이는 길게 하는 곳도 있다고 한다. 동호회 안에서도 구성원이 누구냐에 따라 모임의 성격이 달라지겠지만, 어쨌든 다른 동호회를 다니다

온 사람들의 공통된 평은 이곳이 다른 곳보다 연습 강도가 세다는 것이었다.

이런 교습소 방식의 동호회 운영은 독학의 세계에서 헤맸던 내게 잘 맞았다. 음악적 기초라고는 복근처럼 전혀 없던 내가 음악 같은 음악을 하기 위해서는 이런 식의 훈련이 필요했다. 더군다나 10만 원 넘는 돈을 내야 하는 학원처럼 수업료가 비싼 것도 아니요, 선생이라는 권력자로부터 일대일 전담 마크를 당해야 하는 부담스러운 교류 방식도 아니었으니 여러모로 내게 맞춤한 형태의 모임이었다.

동호회 회비는 한 달에 6만 원입니다. 다른 기타 동호회 회비도 별 차이는 없다고 들었어요.

첫 번째 발표회

: 지나고 나면 다 예쁜 추억

재즈 카페를 운영하던 무라카미 하루키는 스물아홉 살에 찾은 야구장에서 누군가가 친 깔끔한 2루타를 바라보며 '그래, 나도 소설을 쓸 수 있을지 모른다'라고 생각했다고 한다. 갑작스러운 결심이 어디서부터 어떻게 시작됐는지 그의 책 《직업으로서의 소설가》에 자세히 언급되지 않기에 정확한 답을 알 순 없다. 다만, 그가 문학책을 즐겨온 독서 소년이라는 점이 중요한 힌트일 것 같고, 그 시절 책이 심어놓은 문학의 씨앗이 날씨 좋은 봄날의 야구장에서 싹을 틔웠던 것 아닐까.

하루키의 이야기에서 내 이야기로 넘어오다니, 매끈

한 도로에서 갑작스레 비포장도로가 나타난 것 같은 전개지만, 뻔뻔하게 이야기를 이어가자면 고등학교 수련회에서 심긴 기타 씨앗이 제대로 뿌리를 내리기 시작한 건 〈무한도전〉이 계기였다. 채널을 돌리다 우연히 〈무한도전〉 '웨딩 싱어즈' 편을 보게 됐고, 거기에는 장범준이 나왔다(그래, 또 장범준이다. 어쨌든 그는 '기타' 하면 빼놓을 수 없는 사람이니까). 그는 파트너였던 박명수와 듀엣 곡을 정하며 몇 곡을 기타 반주와 함께 들려줬는데, 그중 하나가 차태현의 〈Love Story〉였다. 특유의 달달한 목소리에 경쾌한 기타 반주를 곁들인 노래는 남자인 나도 당장 사랑 고백을 하고 싶어질 만큼 매력적이었고 그 순간 나는 이런 생각을 했다.

'그래, 이제는 정말 기타를 쳐야겠어.'

그리하여 낙원상가표 기타는 2년 동안 쌓였던 묵은 먼지를 털어내고 제 목소리를 내기 시작했다.

그런 이유로 차태현의 〈Love Story〉를 기타 동호회 첫 번째 발표곡으로 정했다. 기타를 시작하게 만든 곡인 만큼 독학을 하던 때에도 틈틈이 연습을 하긴 했다. 다만,

유명하지 않다 보니 잘 정리된 악보나 연주법에 관한 설명을 찾기 어려워 진도가 나가지 않았었을 뿐. 이왕 동호회 활동을 시작했으니 나름 기타 생활에 의미 있고 정말 쳐보고 싶던 노래로 문을 열면 좋겠다 싶어 과감히 이 곡으로 결정을 했다. 장범준이 커버한 버전에서 오른손 연주법은 그다지 어렵지 않았다. 아르페지오 주법으로 시작해 퍼커시브로 바뀌는 형태였고, 두 주법 모두 방음이 부실한 집에서 연습하며 제법 익숙해진 상태였으니까. 문제는 코드였는데, 그 부분은 동호회 회장에게 도움을 받았다.

"음, 이 코드는 잡기 어려우니까 이런 식으로 다르게 잡자. 소리가 조금 아쉽더라도 한결 연주하기 편할 거야."

몇 가지 팁도 알려줬다.

"어차피 맨 아래에 있는 줄은 안 치니까 굳이 1번 줄까지 잡을 필요는 없어."

"D코드를 칠 때 새끼손가락으로 꾸밈음을 넣으면 잘 치는 사람처럼 보이기도 하고 치는 재미도 있거든. 이렇게 첫 번째 줄을 눌렀다가 떼주라고."

악보도 초보 맞춤형이 됐겠다, 남은 건 열렬한 연습뿐이었다.

긴장보다 더 큰 설렘

동호회 운영 방식이 그렇듯, 이곳의 발표회도 형식만큼은 제대로 갖춘 모습이었다. 우선 MC가 있다. 당연히 외부에서 초빙된 MC는 아니지만, 동호회 회원 중 한 명이 〈유희열의 스케치북〉의 유희열처럼 발표할 사람과 연주할 곡을 소개하고, 발표가 끝난 후에는 짧게 인터뷰를 한다. 그리고 그 과정이 인터넷으로 생방송되며, MC는 시청하는 사람들이 채팅창에 남긴 메시지를 틈틈이 소개한다. 나는 안 그래도 프레젠테이션을 해야 하는 순간이 되면 긴장해서 목소리가 떨리고, 떨리는 내 목소리를 듣고는 더 긴장해버려 발표를 망치는 사람인데, 잘 차려진 밥상 같은 자리를 마주하자 슬금슬금 긴장감이 올라왔다. 심장 박동은 점점 빨라지고 손에는 땀이 나기 시작하고.

내 신진대사가 격렬해지든 말든 발표회는 시작됐고, 앰프에 연결된 기타와 마이크, 의자 몇 개와 보면대로 꾸며진 간이 무대에서 이번 달 MC 역할을 맡은 회원이 밝게 인사를 했다.

"안녕하세요. 반갑습니다. 저는 오늘 목요반 발표회 MC를 맡은 태우라고 합니다."

그의 시원시원한 목소리와 함께 새해 목요반의 첫 발표회이자 내 기타 인생의 첫 번째 발표회가 시작됐다. 동호회 방 한편에 놓여 있는 컴퓨터 모니터에는 누군가가 입장했다는 안내 메시지가 속속 떠올랐다.

그날 발표회에는 총 여섯 명이 참여했고, 내 순서는 네 번째였다(순서는 보통 사다리 타기로 정한다). 촉촉을 넘어 축축해진 손을 바라보며 앞으로 오랫동안 기타를 칠 것이니 사람들 앞에서 기타 치고 노래하는 일에 익숙해져야 한다며 마음을 다독였다. 그래도 긴장은 풀리지 않았고, MC의 농담에도 진짜 웃음은 터지지 않아 영혼 없는 미소만 지으며 앉아 있었다.

그러다 첫 번째로 발표하게 된 회원이 연주하는 윤딴딴의 〈겨울을 걷는다〉를 듣자 묘하게 긴장이 풀리고 마음이 편안해지기 시작했다. 그건 아프리카 방송에 들어온 사람들의 숫자가 얼마 되지 않는다는 점과 그 사람들이 모두 다른 요일에 활동하는 동호회 회원들이라는 사실에서 오는 안도감이기도 했고, 동호회 회원들 모두가 아마추어이기 때문에 발표를 하며 실수한다는 사실을 직접 본 덕분이기도 했지만, 무엇보다 발표회를 여러 차례 경험한 동호회 회원들이 남의 발표에 별로 귀를 기울이지 않는다는 사실을 간파한 덕분이었다. 그들의 눈은 공연자보다는 주로 핸드폰 속 방송 채팅창을 향해 있었다. 손으로는 다른 반 회원들과 반상회 하듯 담소를 나누면서.

발표하는 사람에게 수십 개의 눈빛이 집중되는 분위기가 아니라는 걸 알게 되자 '뭐, 긴장할 것도 없잖아!' 하는 마음이 들었다. 살짝 풀어진 긴장감과 될 대로 되라는 마음이 섞인 채 이번 달에 가입한 누구라고 간단히 소개하고, "시작하겠습니다"라는 짧은 말을 뱉고는 노래의 첫 코드인 G코드를 튕겼다.

초보자에게 초반부는 매우 중요한 법이다. 앞부분을

실수 없이 넘어간다면 자신감이 붙어 뒷부분에서도 준비한 만큼의 실력을 발휘할 수 있다. 반대로 처음부터 실수를 하게 되면 머리가 하얘지고 몸의 근육은 뜨거운 불판에 구워지는 차돌박이처럼 쪼그라들어 남은 발표까지 망치기 십상이다. 다행히 이 곡은 시작 부분이 상대적으로 쉬웠다. 그래서 별 탈 없이 전주 부분을 연주할 수 있었고, 들어갈 타이밍이 조금 늦긴 했지만, 아주 이상하지는 않게 첫 가사를 뱉을 수 있었다.

나 요즘 정말 이상해. 자꾸 네가 보고 싶어. 편한 친구일 뿐인데.
아침에 눈을 떠보니 왠지 네 얼굴 떠올라. 괜한 핑계에 널 보러 가는 길이 행복해.

연주와 노래는 무난하게 흘러갔다. 후렴으로 넘어가며 주법이 바뀌는 부분에서 오른손이 살짝 버벅거렸고, 2절을 시작할 때 다시 한번 노래할 타이밍을 놓쳤고, 브리지 파트에서 반주와 노래의 싱크가 좀 틀어지긴 했지만 그래도 멈췄다가 연주를 다시 시작한다거나 실수를 많이 해 "죄송합니다. 이런 소음을 들려드리다니"라고 사과하는 일은 발생하지 않았다. 그렇게 내 인생 첫 번째 기타 공연이 마무리됐다. 누군가가 "신입인데 별로 긴장도 안 하시네요"라는 격려의 말과 "(노래는 아니고) 기타 소리가 좋았다"는 칭찬의 말을 채팅창에 남겼다.

발표회 이전에 사람들 앞에서 악기를 다룬 건 고교 시절 리코더 실기평가 때가 마지막이었다. 당시 나는 친구와 짝을 이뤄 리코더 합주를 해야 했는데, 그날 우리가 함께 만든 건 화음이 아니라 말 그대로 '실수'였다. 우리는 의좋은 형제처럼 삑사리를 여러 차례 주고받았고 강당은 개그 공연이 펼쳐진 양 웃음바다가 됐다. 부끄러운 평가를 마치고 자리로 돌아오며 마음속에 악기란 하고 싶지만 할 수 없는 것이구나 하며 모종의 빗금이 쳐졌는데, 십수 년 만에 사람들 앞에서 악기를 연주하고 거기에 노래를 곁들인 발표를 하고 나니 어쩐지 마음에 그어진 무수한 선 가운데 하나를 지워버린 것 같은 기분이 들었다.

다음 날 동호회의 한 회원이 카메라 어플로 찍은 짧은 영상 몇 개를 단체 채팅방에 올렸다. 그중 한 영상에서 어플의 필터 덕분에 잡티 하나 없이 뽀얗게 치장된 내가 기타를 치고 있었고, 뽀샤시한 화면과 함께 녹음된 기타 소리는 제법 듣기 좋았다. 그리고 무엇보다 연주하고 노래를 부르는 내 모습이 편안해 보였고 나름 그 순간을 즐기고 있는 것처럼 보이기도 했다. 역시 필터란 사람의 기억까지 아름답게 조작해주는 실로 이로운 기술이라 하겠다. 그렇게 나의 첫 번째 발표는 필터의 도움을 받아 예쁘게 채색된 추억으로 남았고, 초라했던 기타 1장과는 달리 두 번째 장의 시작만큼은 제법 괜찮은 모습이었다.

장범준의 유튜브 채널에 그가 부른 <Love Story> 커버 영상이 올라와 있습니다. 한번 들어보세요. 기타를 시작하게 될지도 모릅니다.

두 번째 발표회

: 실수를 아름답게 만들어보세요

'처음이 어렵지, 두 번은 쉽다'라는 말도 있지만, 두 번만에 쉬워지는 일은 보통 단순한 행동일 가능성이 크다. 혼자 밥 먹기나 혼자 영화 보기, 색다른 옷 입어보기 같은 것들. 그런 건 한 번의 시도를 위한 조금의 뻔뻔함만 있으면 된다. 그리고 알게 된다. 하고 보니 별거 아니었구먼!

하지만 세상일의 대부분은 그렇게 단순하지가 않다. A4 두 페이지짜리 글을 한번 써봤다고 그다음이 쉽게 풀리는 건 아니다. 처음 쓸 때와 똑같이 소재와 주제에 대해 고민해야 하고, 전개 방식을 짜야 하며, 어떤 인용문이나 에피소드를 덧붙일지 머리를 쥐어짜며 고민해야 한다. 어떻게 보면 갈수록 더 어려워진다. 소재 발굴이 힘들어지니까. 마라톤도 그렇다. 10킬로 마라톤을 한번 뛰어봤다고 그다음이 쉬워지진 않는다. 처음 뛸 때와 마찬가지로 5킬로를 넘는 순간 입에서 'C' 소리가 나오기 시작하고, 8킬로를 넘으면 모래주머니를 찬 것처럼 무거워진 발을 보며 '발'이라고 중얼거리게 된다. 회사에서도 기획안 한번 써봤다고 다음 보고가 쉬운 건 아니다. 양식 측면에서 도움을 받을 수 있을지는 모르겠으나 그 안에 어떤 내용과 아이디어를 담을지는 다시 원점에서부터 시작해야 한다.

기타도 그랬다. 한번 발표를 했다고 다음 발표가 쉬워지진 않았다. 새로운 곡에는 새로운 코드가 나오기 마련이었고, 오른손 주법도 곡마다 조금씩은 달라 새롭게 연습을 시작해야 했다. 하지만 두 번째 달을 시작하는 나의 마음은 이미 우쭐함으로 더럽혀진 뒤였다. '지난달 발표를 괜찮게 했으니, 이번에도 그렇지 않겠어?'

실수를 지워버리지 마세요

두 번째 발표곡으로 선택한 노래는 '좋아서 하는 밴드'의 〈잘 지내니 좀 어떠니〉였다. '좋아서 하는 밴드'는 멜론 추천곡 리스트에 떠서 알게 됐는데, 일상적이면서 따뜻한 가사, 너무 빠르지도 느리지도 않은 적당한 템포가 편안해 즐겨 들었다. 마침 두 번째 달 시작 무렵, 동호회 다른 반에서 활동하는 기타 고수 한 명이 〈잘 지내니 좀 어떠니〉의 코드 악보와 연주 영상을 카페에 올렸고, 영상을 보며 해볼 만하다 싶어 이 곡을 덜컥 발표곡으로 정했다.

연습을 소홀히 한 건 아니었지만, 결과는 최악이었다. 발표를 하다 어딜 연주하고 있었는지 헷갈려 '나는 누구? 여긴 어디?' 하며 두 번쯤 멈췄다 다시 시작했고, 코드를 잘못 잡아 몇 차례 삑사리도 냈다. 부끄러운 발표였다. 멘탈이 무너진 나는 이후 머리를 하도 만지작거려 안 그래도 곱슬기 충만한 머리를 더 산발로 만들었고, 뒤풀이에서도 나라 잃은 백성처럼 반쯤 넋이 나간 상태로 앉아 있다가 먼저 일어났다.

푹 자고 일어난 다음 날 아침, 한결 맑아진 머리로 지난 발표의 문제점을 조목조목 따져보기 시작했다.

'우선, 지난달보다 코드가 어려웠는데, 너무 쉽게 생각했어.'

처음 발표한 〈Love Story〉에는 대부분 1프렛과 3프렛 사이에서 줄을 잡는 코드가 사용됐다. 잡는 위치의 변화가 적다 보니 코드를 바꿀 때 왼손에 눈길을 자주 주지 않아도 괜찮았다. 하지만 〈잘 지내니 좀 어떠니〉에는 4프렛, 5프렛까지 움직이며 줄을 잡아야 하는 코드가 몇 개 들어 있었고, 이 코드로 바꿀 때는 움직임이 익숙지 않다 보니 왼손을 지켜봐줘야 했다. 기타를 오랫동안 친 사람들이야 슬쩍슬쩍 곁눈질하면서 재빨리 위치를 확인하곤 코드를 바꾸겠지만, 나 같은 초보는 슬쩍 보는 거로는 부족하다. 막 걷기 시작한 아이를 바라보듯 대놓고 지켜봐줘야 문제없이 코드를 바꿀 수 있다. 코드를 바꾸는 왼손을 향해 시선이 움직이고, 시선을 따라 고개가 돌아가고, 그 상태에 머물자 입이 마이크에서 멀어져 노랫소리가 간간이 끊겼고, 왼쪽으로 돌렸던 시선을 다시 정면 악보로 향했을 때 악보 어디쯤을 연주하고 있었던 건지 헷갈려 연주를 멈춰버리는 상황도 발생했던 것이다.

'악보를 보고 코드를 바꾸면서 입은 계속 마이크 근처에 머물 수 있도록 자세를 잡아주는 연습이 필요해. 그래! 보면대와 마이크, 마이크 스탠드를 사자. 발표회와 똑같은 환경을 조성해놓고 거기 앉아 연습을 하는 거야!'

나는 오픈 마켓에 접속해 가장 저렴한 보면대와 마이크, 마이크 스탠드를 주문했다. 동호회 방에 있는 것과 똑같은 의자도 샀다. 다이소에서 판매하는 5,000원짜리 등받이 없는 사각 의자였다.

세 번째 달 발표곡은 다시 한번 '좋아서 하는 밴드'의 노래로 골랐다. 〈길을 잃기 위해서〉라는 곡. 한 달 전의 실패가 있었으니 이번에는 연습량을 늘렸고, 방구석에 마련된 의자에 앉아 보면대와 마이크를 앞에 둔 채 연습했다. 물론 앰프 같은 건 없었기에 노래와 연주 소리가 앰프를 타고 크게 울릴 일은 없었다.

곡의 끝부분에서 코드 하나를 잘못 잡는 실수를 하긴 했지만, 이번에는 전달보다는 훨씬 나은 모습으로 발표를 마칠 수 있었다. 그리고 광복을 맞은 백성의 마음으로 뒤풀이를 만끽했다.

《나는 심리 치료사입니다》라는 책에는 저자가 존경하는 미술 선생님의 이야기가 실려 있다. 그 선생님은 그림을 그릴 때 지우개를 사용하지 못하게 하면서 이렇게 말한다고 한다. "실수를 지워버리지 마세요. 그것을 아름답게 만들어보세요."

삶이라는 스케치북에서 참 많이도 실수를 해왔고, 그럴 때마다 조금이라도 잘못 그린 페이지는 곧바로 찢어 쓰레기통에 버려왔다. 그렇게 많은 인연과 추억과 기회가 함께 찢겨나갔다. 다행히 기타라는 스케치북에서는 아직 그런 식의 찢김과 버림이 일어나지 않았다. 아름답다고까지는 말할 수 없겠지만, 두 번째 달의 실수를 그다음 달에 만회했던 것처럼 조금씩 나은 모습을 덧대어가며 이 스케치북을 채워가고 있다.

<잘 지내지 좀 어떠니>라는 곡의 악보와 연주 영상을 카페에 올렸던 기타 고수는 동호회를 몇 달 다니다 여자친구를 만들고는 동반 탈퇴를 했습니다. 여러분, 동호회에서는 고수를 조심합시다.

목요반의 엔딩

: 나쁜 일이 꼭 나쁜 일은 아니다

사무실에서 한창 일하던 오후, 동호회 회장으로부터 전화가 왔다. 일하는 시간에 울리는 지인의 전화에는 왠지 싸한 느낌이 있다.

"정훈아, 일하고 있어?"

"네, 그렇죠. 형은 어디예요?"

"외근 나와서 약속 장소로 가는 중이야."

일은 안 바쁘냐는 둥, 동호회 다니는 건 재밌냐는 둥 알맹이 없는 대화를 몇 마디 나누다 그가 말을 이었다.

"정훈아, 안 좋은 소식이 있어. 다음 달부터 목요반 운영이 어려울 것 같아."

모임이 없어지는 건 총무가 회비를 들고 튀었다거나, 회원들 사이에 곪아 있던 갈등이 터져 나왔다거나, 직장 생활과 동호회 운영을 겸하는 회장이 힘들어서 더는 못 해먹겠다며 손을 들어서는 아니고, 사람 부족이 이유였다. 나의 기타 실력은 무럭무럭 자라는 정도까지는 아니어도 동호회 활동을 하면서 긴 가뭄에 단비를 맞은 것처럼 활기를 띠었지만, 그와 별개로 모임의 크기는 월급이 들어오기 전 통장 잔액처럼 서서히 줄어들고 있었다. 1월 목요반에 참석하던 멤버는 일곱 명이었으나, 2월에 취업과 대학원 진학을 이유로 두 명이 떠났고, 그다음 달에도 야근을 핑계로 두 명이 안녕을 고했다. 그나마 남은 세 명 중 한 명이 더는 평일에 활동하기 어렵다며 주말반으로 옮기겠다는 선언을 했고, 두 명으로 한 반을 운영하기에는 회장에게도, 회원에게도 부담이라 남은 사람도 떠나야 했다. 씁쓸한 해산이었다.

슬픈 결말의 원인을 딱 한 가지로 꼽기는 어렵겠지만, 아무래도 연말 행사를 끝으로 몇 명이 목요반을 그만둔 게 시발점이 아닌가 싶다. 기타 동호회는 몇 달에 한

번 모든 요일의 회원이 참여하는 대규모 행사를 연다. 펜션을 빌려 1박 2일로 MT를 가거나, 분위기 좋은 카페를 빌려 합동 발표회 같은 걸 하는 식이다. 그런 행사가 예정된 달에는 각 요일 모임별로 발표곡을 서너 개 정해 밴드처럼 연습을 한다. 함께 곡을 선정한 다음 곡마다 누가 노래를 하고 기타를 칠지, 또 누가 키보드를 맡고 카혼(상자라는 뜻의 스페인어로, 드럼을 대신하는 작은 타악기. 작은 공연이나 심플한 반주가 어울리는 곡에 사용된다)을 담당할지 역할을 나눈다. 그렇게 한 달 동안 함께 연습한 다음, 제법 근사한 무대에서 발표도 하고, 많은 사람들이 함께하는 왁자지껄한 뒤풀이도 즐긴다.

아무래도 이런 행사는 흥의 크기가 큰 만큼 뒤따르는 그림자도 길게 늘어진다. 연극이 끝나고 난 뒤 성취감의 자리를 허탈함이 채우듯이, 큰 행사를 마친 회원들은 조금씩 의욕을 잃은 모습이 된다. 대학 시절 축구 동아리도 그랬다. 축구대회에 참가한 뒤 그다음 연습에는 유난히 불참자가 많았고, 참석한 사람들의 얼굴에도 생기보다는 귀찮음이 더 진하게 묻어 있었다. 대회든 행사든 굵직한 뭔가가 끝나고 나면 아무래도 마침표를 찍었다는 느낌이 들기 마련이고, 때로는 쉼표로 그쳐야 할 것이 정말 마침표가 되어버리기도 한다.

기타 동호회도 다르지 않아 큰 행사가 끝나고 나면 "저, 한 달만 쉴게요" 하고 떠나는 사람이 많았다. 든 자리는 몰라도 난 자리는 안다고, 이런 분위기에서는 남아 있는 사람들도 괜히 허전함을 느끼며 알게 모르게 의욕이 깎여나간다. 어쨌든 내가 가입하기 전에 진행된 12월 연말 공연을 끝으로 목요반 세 명이 동호회를 떠났다 하고, 뒤숭숭한 분위기 속에서 새로 생긴 사정과 여유를 허락하지 않는 밥벌이의 고단함 때문에 몇 명이 더 떠나 결국 이 지경이 되어버렸다.

더는 목요반을 운영하기 어렵다고 운을 뗀 회장의 전화는 두 명으로 모임을 끌고 가기엔 자신에게도 회원들에게도 재미없는 구조라는 솔직한 고백을 거쳐, 어떻게 할 것인지를 묻는 말로 이어졌다.

"다른 반으로 가야 하는데, 수요일, 금요일, 일요일 중에 언제가 좋아?"

앞날은 아무도 모르는 거니까요

적응에 남들보다 긴 시간이 필요한 내 성격을 누구보다 내가 잘 알기에 새로운 반으로 옮기는 건 부담이었다. 그래도 동호회에 다니면서 그간 익히지 못한 기본기를 채워나가고 있다고 생각했기에 더 다녀보자는 쪽으로 마음이 기울었다. 함께 연습하는 것이 혼자 하는 것보다 더 효율적일 수 있다는 걸 알았고, 서로의 취미를 지켜봐준다는 데 묘한 안정감이 있다는 것도 알아버렸으니까. 그리고 결정을 내렸다. 수요반에 가기로.

다행히 수요반은 나와 나이대가 비슷한 회원들로 구성돼 있었다. 목요반에도 30대가 있긴 했지만 20대 후반이 중심을 이루는 분위기였다면, 수요반은 나와 비슷한 서른 중반 정도의 사람들이 주축이었다. 그들에게는 20대의 에너지가 한풀 꺾인 잔잔한 강물 같은 분위기가 있었고, 그건 나의 차분한 성정과 잘 맞았다. 게다가 이곳에는 나와 성도 같고, 고향도 같고, 어릴 적 살던 동네까지 바로 옆이었던 누나가 있었다. 심지어 친누나와 이름까지 똑같았다. 지연과 이름의 인연이 더해진 누나는 특히 더 나를 반겨줬고, 수요반의 터줏대감 역할을 하던 누나 덕분에 순조롭게 모임에 적응해나갈 수 있었다.

몇 년 전 일기장에 이런 글을 쓴 적이 있다. 좋은 일이 꼭 좋은 일이 아니고, 나쁜 일이 꼭 나쁜 일이 아니라고. 나는 대학을 졸업하고 제법 이름난 기업에 입사했지만, 큰 조직이었기에 원하던 일을 하지는 못했다. 하고 싶은 일에 대한 미련은 방황으로 이어졌고, 결국 퇴사를 결심하기에 이르렀다. 그 과정을 경험하며 나는 좋은 일이 꼭 좋은 일이 아니란 걸 알았고, 그와 동시에 나쁜 일이 꼭 나쁜 일만은 아니라는 생각도 하게 됐다. 원하던 대학이나 회사에 가지 못했어도 성실하게 생활하며 더 크고 멋진 꿈을 이뤄가고 있는 친구들을 보면서.

목요반이 없어진 건 좋지 않은 경험이었지만, 새로운 반에서 나는 결이 비슷한 사람들을 만났고 음악 취향과 에너지 레벨이 유사한 사람들 속에서 아늑함과 편안함을 느꼈다. 지금도 여전히 수요반에 속해 있고, 수요 모임에 참여한 지도 벌써 2년이 넘었다. 이곳에 머물렀던, 또 머물고 있는 사람들의 얼굴과 말투와 기타 치는 모습을 떠올려본다. 지금은 동호회를 떠났지만, 지연으로 엮였던 누나 생각도 해본다. 나쁜 일이 꼭 나쁜 일만은 아니다.

지연으로 엮였던 누나의 이름은 지연이었습니다. 이 글을 통해 모임에 잘 적응할 수 있도록 세심하게 챙겨줬던 지연 누나에게 감사의 마음을 전합니다.

술과 기타

: 세월 따라 깊어집니다

주류회사 마케터로 일한다는 건 일을 하다가 술을 홀짝일 기회가 많다는 것을 의미한다. 다른 회사에서 새로운 술을 출시했다면 재빨리 구해 한 모금 마셔봐야 하고, 연구소에서 신제품 개발을 진행하고 있다면 시음용 컵 네다섯 개에 담긴 시료를 맛보며 나름의 의견을 적어 내기도 해야 한다. 보통 개발 중인 제품은 맛이 완성 단계에 이르지 않아 형편없을 때도 있는데, 그때마다 맛없다는 말을 어떻게 돌려 해야 하나 고민된다. 맛이 튄다거나 조화롭지 않다는 표현이 내가 주로 사용하는 단골 완곡어법이다. 가끔은 맛이 이상하다며 소비자 클레임이 들어온 제품을 시음하거나 생산일자별로 맛의 편차가 어느 정도인지 점검하려고 마실 때도 있다.

물론 이런 일이 자주 생기는 건 아니고 한 달에 한두 번 있는 작은 이벤트다. 게다가 몇 모금 마시지 않으니 일하는 데 전혀 무리가 없다. 하지만 분기별로 진행하는 관능평가라면 이야기가 다르다. 여기서 말하는 관능평가란 술병의 라인이 얼마나 멋진지, 제품 디자인이 얼마나 잘 빠졌는지 점수를 매기는 건…… 당연히 아니고 오감을 활용해 유통 중인 제품의 색, 맛, 향을 평가하는 걸 그렇게 부른다(〈원초적 본능〉 같은 영화를 떠올릴 때 으레 생각나는 '관능'은 표준국어대사전에서 '관능'이라는 표제어를 찾으면 세 번째 뜻풀이로 기재돼 있다. 관능평가의 관능은 '오관 및 감각기관의 작용'이라는 뜻으로 그보다 앞인 두 번째에 실려 있고). 제품별로 마시는 양이 많지는 않지만, 대형마트부터 편의점까지 다양한 채널에서 구매한 다수의 제품을 마시다 보니 조금씩 맛보더라도 결국에는 어느 정도 취기가 돌기 마련이다.

이런 관능평가를 퇴근 전에 하면 뭐랄까 저녁에 있을 술자리의 0차 느낌이 나서 좋을 수도 있겠지만, 보통은

혀가 민감할 때 맛을 봐야 한다며 점심 식사 전에 이뤄진다. 아침에 주스가 아니고 아침부터 술 시음인 셈이다. 11시쯤 관능평가를 하고 나면 취기가 돌아 바로 일에 집중하기는 어렵고, 딴짓을 하며 시간을 보내다 괜히 국물 있는 음식으로 식사를 하곤 한다. 남은 점심시간에 눈을 붙이기도 하고.

시음을 하며 기억에 남는 에피소드가 몇 가지 있는데, 그중 하나는 내가 담당하는 제품의 맛을 맞추지 못한 일이다. 지금 판매 중인 제품의 레시피 개선을 검토 중이라면서 연구소에서 네 가지 샘플을 준비해 왔고, 한 모금씩 시음을 한 내게 의견을 물었다.

"이 중에 현재 제품이 어떤 건지 맞혀보시고요, 가장 맛이 좋았던 제품도 하나 골라주세요."

나는 과감하게 "C가 지금 제품이군요"라고 말했는데 실은 B였다. 나는 멋쩍은 웃음을 지었지만, 연구원의 눈빛은 나를 좀 무시하는 느낌이었고 그날 이후로 그 연구원과의 신뢰에는 떨어뜨린 핸드폰 액정처럼 되돌릴 수 없는 금이 갔다.

숙성된 술과 숙성되지 않은 술을 마셔본 경험도 인상적이었다. 갓 증류한 술을 마시면 뭔가 거친 느낌이 났다. 갓 자른 나무의 표면처럼 까슬까슬한 느낌이었다. 이런 술이 숙성이라는 시간을 거치면 표면을 사포로 문질러 매끈해진 나무처럼 부드러워진다. 그 시간 동안 알코올 분자와 물 분자가 결합해 증류 직후의 날카로움이 무뎌지는 것이다. 당시 시음해본 술은 고작 몇 개월 숙성한 것이긴 했지만, 갓 증류한 술과의 차이를 느끼며 위스키의 숙성 기간을 따지는 이유를 조금은 알게 됐다.

술의 세계에 숙성이라는 개념이 있듯이, 기타의 세계에도 '에이징'이라는 말이 있다. 여기서 에이징이란 새로 장만한 기타가 점점 길이 듦에 따라 소리가 트이는 현상을 말한다. 기타를 다양한 주법, 다양한 코드로 꾸준히 연주하다 보면 기타 재료로 쓰인 나뭇결에 미세한 물리적 변화가 생기고 수분 함량이 줄어들어 소리의 울림이 좋아지는 것이다. (술의 숙성이 그렇듯 기타 에이징 역시 관리가 잘됐다는 가정하에 할 수 있는 이야기이며, 에이징으로 인한 음향 개선 효과의 크고 작음은 기타인 사이에서 논쟁거리이다.)

이런 에이징 현상은 내가 쓰고 있는 10만 원 후반대의 저렴한 합판 기타와는 별 상관이 없는 이야기고, 고가의 원목 기타에나 해당하는 말이다. 기타는 재료에 따라 합판 기타와 원목 기타로 나뉜다. 합판 기타는 말 그대로 얇은 나무판을 여러 개 접합한 다음 겉에 무늬가 되는 나무판을 붙여 만든 기타로 가격이 저렴하고 변형이 적다는 장점이 있으나 울림이 약해 소리가 가볍다는 단점이 있다. 원목 기타는 나무를 기타 제작에 적합한 두께로 잘라 만든 것으로 솔리드 기타라고도 불리는데, 기타의 상판만 원목이고 측면과 뒷면이 합판이라면 탑 솔리드 기타, 상판과 후판이 원목이라면 탑/백 솔리드 기타, 측판까지 전부 원목이면 올 솔리드 기타라고 불린다. 솔리드 기타는 합판 기타보다 울림이 좋아 소리가 풍성하지만, 온도와 습도 변화에 상대적으로 변형이 잘 되기 때문에 세심한 관리가 필요하다.

원목 기타의 소리가 점점 트인다는 걸 어렴풋이 느낀 건 장범준의 유튜브 채널을 통해서였다. 장범준은 국내 기타 브랜드와 협업해 본인의 이름을 딴 기타 라인을 출시했는데, 기타가 나왔다며 만든 지 얼마 안 된 기타로 영상을 올렸을 당시의 소리는 뭔가 가벼웠다. 이전에 올라온 영상보다 깊이감이 떨어지는 기타 소리를 들으며 아주 고가의 제품은 아니라서 한계가 있나 보다 하며 아쉬워했는데, 몇 개월 지나 요즘 올라온 영상을 들어보면 그사이 소리가 한결 좋아진 느낌이 든다. 많은 변수가 있겠지만, 이것이 기타의 세계에서 말하는 에이징의 영향이 아닐까 조심스레 추측해본다.

기타에 대해 이런저런 이야기를 적은 이유는 요즘 기타를 새로 장만하려고 마음먹었기 때문이다. 언젠가는 나도 홀로 버스킹을 해볼 수도 있고, 그간 쌓아온 레퍼토리를 기록 삼아 영상으로 찍어볼 수도 있으니 아무래도 좋은 기타 하나쯤은 있어야 할 것 같다는 건…… 사실 핑계고, 그냥 좋은 기타가 갖고 싶다. 동호회 회원 중에는 깁슨이나 마틴 같은 몇백만 원을 호가하는 고가의 기타를 소유하고 있는 사람이 몇 명 있는데, 집에 있는 기타와 소리의 깊이가 다른 명품을 만져보며 자연스럽게 물욕이 생긴 것 같다. 비싼 기타를 살 경제적 여유는 없고 그에 어울리는 실력은 더더욱 아니지만, 프리미엄 브랜드의 엔트리급 모델 정도는 사볼 만하지 않겠냐며 인터넷 검색을 하고 낙원상가를 들락날락하고 있다. 텅장이 될 날이 머지않았다.

눈독 들이고 있는 모델은 마틴의 엔트리급 모델인 DX1RAE인데, 아직 구매하진 못했습니다. 언젠가는 꼭!

첫 버스킹

: 혼자 땀깨나 뺐지만

기타 동호회에는 3개월 단위로 큰 행사가 있다. 3월에는 서울 근교로 MT를 가고 6월에는 버스킹 공연을 하고, 9월에는 다시 MT를 갔다가 12월에는 홍대 근처 카페나 술집을 빌려 연말 공연을 하는 식이다. 이런 행사에는 성취감만큼이나 허탈감이 이어진다는 부작용이 따르기도 하고, 회사와 가족의 구성원으로서 소임을 다해야 하는 운영진에게도 부담이라 내가 활동한 해부터는 4개월 단위로 바뀌었다. 4월에는 MT를 가고, 8월에는 버스킹을 하고, 12월에는 크리스마스 공연을 하는 식으로. 지난 4월 나는 MT와 다른 모임의 일정이 겹쳐 참석하지 못했고, 8월에 처음으로 동호회 전체 행사에 참여하기로 했다. 버스킹을 하는 행사에.

버스킹 장소는 당진이었다. 당진을 버스킹 장소로 정한 까닭은 그곳이 떠오르는 버스킹의 메카가 됐다거나, 음악을 사랑하는 시민이 유난히 많다거나, 멋진 공연장이 있다거나 한 건 아니었고, 예전에 가봤는데 반응이 괜찮았다는 싱거운 이유였다. 거기에 동호회 회장은 몇 마디 덧붙였다.

"우리 같은 초짜가 홍대나 한강 같은 곳에서 버스킹을 하면 사람들이 몇 마디 듣고는 냉정하게 떠나버리거든. 거리 공연이 흔하기도 하고 잘하는 사람도 워낙 많으니까. 지방에서 하면 그래도 좀 봐주기는 해……."

역시 인심은 지방이다.

행사에 참여하는 수요반 멤버는 총 일곱 명이었고, 우리는 네 곡을 준비해야 했다(반별로 20분의 발표 시간이 주어졌다). 처음 참여하는지라 곡은 어떻게 정하고, 곡별로 역할 배분은 어떻게 할지 자못 궁금했다. 또 버스킹을 할 실력을 갖추지 못한 사람으로서(문과 출신에 마케터로서 주제 파악 하나는 잘한다) 무얼 맡아야 할지도 고민스러웠다. 있는 듯 없는 듯 비중이 작은 역할을 하면 좋겠다는 생각이었고, 그런 속내를 단톡방에 올렸다.

"저는 기타 두 대로 치는 곡에서 보조적인 역할을 담당했으면 좋겠어요."

하지만 음악적 야심이 조약돌처럼 조그마한 다른 회원들도 비슷한 생각을 하고 있었고, 동호회를 오래 다닌 주축 회원들부터가 양보와 겸양의 자세를 취했다. "저는 지난 MT 때 곡도 정하고 기타도 마음껏 쳤으니까 이번에는 다른 사람이 곡을 정하면 좋겠어요. 저는 이번에 카혼 칠게요!" 하면서. 그러다 "새로 온 정훈이가 한 곡 정하고 그거 기타 치면 되겠네"라는 이야기가 나왔고, 모두가 별생각 없는 점심시간에 누군가 툭 던진 말로 메뉴가 결정되듯이, 나도 한 곡을 정해 그 곡의 기타 연주를 담당하게 됐다.

그렇게 양보와 배려를 거듭하며 결정된 곡은 악동 뮤지션의 〈오랜 날 오랜 밤〉, 아이유의 〈금요일에 만나요〉, 정은지의 〈하늘바라기〉 그리고 인디고의 〈여름아 부탁해〉였다. 내가 정한 건 인디고의 노래였는데, 8월에 어울리는 곡이기도 하고, 버스커 버스커가 거리 공연을 할 때 커버했던 버전을 즐겨 듣던 터라 그 노래를 선택했다. 곡이 확정되고 기타 칠 사람이 정해지자, 노래마다 누가 보컬을 하고 누가 카혼이나 키보드 같은 악기를 담당할지 역할을 나눴다. 보컬은 발표회를 통해 서로의 노래 실력을 잘 알고 있던 터라 쉽게 결정됐고(나의 이름은 전혀 거론되지 않았다), 건반이나 카혼은 칠 줄 아는 사람이 둘씩 있어 각자 한두 곡씩 맡기로 했다.

그달의 동호회 활동은 매주 모여서 그 네 곡을 연습하는 것으로 채워졌다. 우선, 곡을 어떤 식으로 연주할지 정해야 했는데, 이때 동호회 회장의 역할이 컸다. 미처 자세히 이야기하진 못했지만, 그는 멜론이나 엠넷 같은 음원 사이트에 이름을 치면 자작곡이 네 곡이나 검색되는 뮤지션이다. 회사에 다니고 동호회를 운영하는 틈틈이 노래를 써서 한 곡씩 발표하고 있다. 우리는 전문가의 조언을 받으며 곡을 어떻게 꾸려나갈지 정했다. 〈여름아 부탁해〉의 경우, '경쾌한 칼립소 리듬으로 쭉 연주해야지'라고 생각했는데, 그렇게 치면 너무 단조로울 것 같다며 잔잔하게 시작했다가 후렴부터 칼립소 리듬으로 바뀌도록 구성을 짜줬다. 코드 몇 개도 세련된 느낌이 나도록 바꿔주고.

그런 식으로 기타, 노래, 건반, 카혼의 연주법을 짰고, 그걸 각자 집에서 연습했다가 수요일에 모여 함께 맞춰보기를 매주 반복했다. 한 달에 한 번 하는 개인 발표야 설령 망해도 나만 부끄러우면 그만이지만, 이건 이인삼각 달리기처럼 나의 부족함이 다른 사람에게 민폐가 되는지라 모두 열심이었다.

고삐 풀린 두 마리 경주마처럼

마침내 찾아온 버스킹 당일. 우리는 근처 펜션에 짐을 풀고 삽교호 함상공원으로 향했다. 사람들이 얼마나 있겠어, 공원 어디 후미진 곳에서 하겠지, 하는 예상과 달리 선발대가 악기와 앰프를 펼쳐놓은 곳은 공원의 중앙부이자 돛대 형상을 한 커다란 조형물 바로 앞이었다. 선선해진 날씨 탓인지 산책하러 나온 사람들도 많았다. 공연장소 주변으로 벤치가 여러 개 있어 무대를 세팅하는 중에도 '얘네들 뭔가 하려나 본데?' 하며 지켜보는 행인들이 제법 있었다. 그런 북적거리는 풍경을 보고 있자니 갑자기 긴장되고 송송 땀이 올라오는 게 느껴졌다.

급작스러운 고백이지만 나에겐 수족 다한증이 있다. 바깥의 날씨가 덥거나, 긴장해서 마음의 날씨가 덥거나 하면 어김없이 손발에 땀이 나기 시작한다. 공원을 오가는 많은 사람과 그들의 이목이 집중되는 공연 장소를 보자 손발의 땀구멍이 활짝 열리고, 출근길 지하철 출구로 사람들이 쏟아져 나오듯 땀이 쏟아졌다. '어제 땀 억제제를 발랐어야 했는데……' 후회하며 손에 휴지를 쥐고 조금이라도 땀이 멈추길 바라는 수밖에 달리 도리가 없었다.

버스킹 순서는 금요반이 제일 먼저였고, 그다음이 일요반, 운영진, 그리고 우리 순서였다. 금요반과 일요반은 오래 활동한 회원들의 비율이 높다 보니 실력도 탄탄한 편이었다. 대학생 딸을 둔 회원의 기타 연주로 버스킹이 시작됐는데, 그녀의 막힘없이 시원한 스트로크 연주를 보자 손발에서 분비되는 땀의 양이 눈치도 없이 더 많아졌다. 재미고 추억이고 잘하고 말고를 떠나 이제 대형사고만 치지 말자는 마음이었다. 긴장감은 모두를 통틀어 실력이 가장 출중한 운영진의 공연에서 극에 달했다. 그들은 프로였다.

그리고 어느새 수요반 차례가 됐다. 〈여름아 부탁해〉는 우리가 발표할 네 곡 중 첫 번째 순서였다. 긴장된 걸음으로 무대에 올라 의자에 앉고, 앞의 몇 마디를 살살 쳐보며 손가락을 풀었다. 그러고는 보컬이 첫 음을 잘 잡을 수 있도록 D코드를 짚고 가볍게 줄을 긁어 소리를 냈다. "여름아 부탁해~"라고 보컬의 노래가 시작됐고, 나는 거기에 맞춰 기타 줄을 튕겼다. 긴장한 탓에 '따-다다-다' 하고 나야 할 셔플 리듬이 '따-다--다' 하며 뭉쳐서 났다. 첫 마디를 실수하자 더 긴장이 됐는지 다음 마디와 그다음 마디 역시 소리가 깔끔하지 않았다.

도입부에서의 기타 음색도 아쉬웠지만 사실 더 큰 문제가 있었는데, 바로 템포였다. 노래를 부르는 회원과 기타를 치는 나는 버스킹 초짜였고 긴장을 많이 하는 '프로긴장러'였기에, 눈빛과 행동에 여유라고는 대도시 밤하늘의 별처럼 하나도 찾아볼 수 없는 상태였다. 우리는 멈춤을 모르는 경주마처럼 달렸고, 1절 벌스verse(음악의 분위기를 결정짓는 초반부를 일컫는 말로 인트로 다음에 이어지는 부분)를 1.25배 재생한 것처럼 속사포로 진행시켰다.

다행히 공연은 1절 후렴에 이르러 안정을 찾기 시작했다. 카혼을 치고 코러스를 넣는 회원들이 눈빛과 손짓으로 보낸 "진정해. 천천히. 워워"의 메시지가 어느 순간 우리에게 전달된 것 같다. 처음보다 다소 진정된 나는 긴장하지 않은 척 먼 산을 바라보기도 하면서 무탈하게 연주를 이어나갔다. 비록 몇몇 잡기 어려운 코드를 연주할 때(기타 실력이 역행이라도 한듯) 깨끗하지 않은 소리가 났고, 중간중간 지루하지 않도록 리듬에 변화를 준 부분에서 버벅대긴 했지만.

그렇게 나의 첫 번째 기타 버스킹은 끝이 났다. 보컬의 노래가 갈수록 안정을 찾았고, 멋진 코러스와 카혼의 빵빵한 소리가 지원 사격을 해줬으니, 관객들이 노래를 들으면서 뭔가 알 수 없는 조급함을 느꼈을지는 몰라도 듣기 불쾌할 정도로 조악한 공연은 아니었을 거라고 믿는다(주제 파악만큼은 잘하는 사람 말이니 부디 믿어주시길).

수요반의 다음 공연은 〈하늘바라기〉였고, 보컬의 안정된 노래 실력이 돋보였다. 세 번째 곡인 〈오랜 날 오랜 밤〉은 다섯 명(보컬 2, 기타 1, 카혼 1, 키보드 1)이 무대를 꾸민 만큼 소리도 풍성했고 결과물도 멋졌다. 마지막 발표곡은 아이유의 〈금요일에 만나요〉였는데, 나는 이 곡의 카혼 담당이었다. 연주는커녕 만져보는 것도 이번 달이 처음인 악기인데, "다들 두 곡씩 참여하는데 너만 역할이 작다"는 말에 어쩔 수 없이 떠맡았다. 동호회 회장은 없는 것보다는 아주 조금 낫게끔 왕초보용 카혼 연주법을 짜주겠다고 했고, 나는 그의 말처럼 없는 것보다는 아주 조금 낫게 카혼을 치고 무대 밑으로 내려왔다.

한 팀이라는 소중한 감각

몇 달이 지난 지금, 첫 버스킹의 기억이 또렷하게 남아 있지는 않다. 수십 명 앞에서 공연을 하느라 긴장으로 머리가 하얗게 돼버린 탓인지, 아니면 녹화된 영상을 보고 부족한 연주 실력이 쑥스러워 그 기억을 뇌 밖으로 밀어내고 있는 것인지는 알 수 없다. 오히려 그날의 기억보다는 행사를 나흘 앞두고 화요일에 했던 추가 연습의 기억이 더 선명하게 남았다. 후텁지근한 날, 바쁜 시간을 쪼개 모인 멤버들은 모두 열심이었다. 리허설을 해보고는 "마지막 부분 이상하지 않았어요? 그 부분만 다시 해볼까요?" 하며 부족함을 채워나갔고, 이번에는 화음이 잘 맞았다며, 카혼과 기타의 박자가 딱 맞아떨어졌다며 서로를 격려하기도 했다. 이건 축구를 그만두고 한동안 경험하지 못했던 '팀'이라는 감각, '함께'라는 즐거움이었다.

평균치보다 문화적 경험이 느린 편인 나는 대학교 4학년이 돼서야 처음으로 뮤지컬이란 걸 봤다. 그것도 학교 극예술 동호회에서 하는 무료 공연이었다. 극명이 〈피가로의 결혼〉이었던가? 제목마저 어렴풋한 수년 전 기억이지만, 지금도 그 공연의 커튼콜 장면이 빛바랜 스냅사진처럼 잊히지 않는 인상으로 남아 있다. 신나는 노래에 맞춰 춤추며 인사하는 그들의 모습에는 잘 마쳤다는 뿌듯함과 함께 뭔가를 이뤄냈다는 성취감 같은 것이 진하게 배어 있었고, 노천극장 계단에서 그 모습을 지켜보던 나는 그들이 몹시 부러웠다.

공연의 마지막 장면에 강렬한 감흥을 느낀 건 아마도 그때 내가 하고 있던 축구와 대비가 됐기 때문이었을 것이다. 축구는 기본적으로 대결하는 형식의 스포츠고 그 끝에는 승자와 패자가 있다. 종국에 어느 한 편은 불행할 수밖에 없는 구조인 것이다. 공연은 달랐다. 커튼콜의 순간, 극을 꾸민 모두는 행복해 보였고 모두 같은 크기의 박수를 받았다. 배역을 정하고 연습을 하는 과정에 어떤 시기와 질투, 갈등과 다툼이 있었을지 알 수는 없지만 적어도 마지막 장면에서 그들은 모두 승자의 모습을 하고 있었다.

화요일 추가 연습의 끝 무렵, 그날의 뮤지컬 커튼콜 장면이 떠올랐다. 승자와 패자의 구분 없이, 오직 함께여서 행복해 보였던 그 순간이 기억났다. 뭔가를 함께 만들어가는 것이 이렇게 즐거운 일이었던가? 그날 '다 같이 사진 한 장 찍자고 말해야지'라고 내내 생각했었는데, 바삐 돌아가는 연습에 깜빡 잊고 입 밖으로 꺼내지는 못했다. 지금도 그게 아쉽다. 기분 좋은 추억이 사진으로 남아 있었다면 따뜻했던 여름밤의 기억이 더 오래도록 온기를 품고 있었을 텐데.

버스킹 공연 영상은 기타 동호회 유튜브 계정에 올라와 있지만, 보시면 실망하실 거라 별로 추천하고 싶진 않습니다.

통계 데이터

: 기타 동호회에는 누가 왜 찾아오나

동호회에 다니고 나서부터 모임이 있는 날에 약속이나 회식이 잡힐 것 같으면 이런저런 핑계를 대면서 요리조리 빠져나갔다.

"저 선약이 있어서요."

"요즘 일이 많아 야근을 해야 할 것 같아요."

몇 번 그러고 나자 핑곗거리가 떨어지기도 했고 마음도 편치 않아 솔직한 이유를 밝히기 시작했다.

"수요일에는 기타 동호회에 가야 돼요."

기타라는 단어를 듣고 나면 사람들은 '오!' 하고 얕은 탄식을 내뱉는다. 그러고는 묻는다.

"기타 잘 쳐요?"

그럼 나는 대답한다.

"아뇨. 하면서도 정말 소질이 없나 보다 수천 번 생각해요."

그럼 동호회에 대한 질문으로 넘어간다. 동호회에서는 뭘 하는지, 얼마나 자주 모이는지, 누가 기타를 가르쳐주는 건지 같은 것들. 기타 동호회에는 실력이 출중한 회장이 있고, 그의 리드에 따라 매달 한 곡씩 함께 연습한다고 설명하면 다음 질문이 이어진다.

"대부분 남자죠?"

현실은 다르다. 기타 동호회 남녀 성비는 저울의 눈금이 아주 조금 여성 쪽으로 기운 모습이다. 이 글을 쓰고 있는 시점을 기준으로 목요반이 여성 세 명, 남성 한 명으로 구성돼 있고(그사이 목요반이 새로 생겼다), 금요반이 여성 세 명에 남성 다섯 명, 일요반이 여성 여섯 명과 남성 두 명으로 이뤄져 있다. 7년 동안 동호회를 운영해온 회장의 이야기를 들어봐도 보통 5.5 대 4.5 내지는 6 대 4 정도로 여성 비율이 조금 높은 편이라고 한다.

하지만 내가 다니는 수요반은 다르다. 현재, 남성 다섯 명과 여성 한 명으로 구성돼 있다. 다른 것에 한눈팔지 않고 기타 연습에 매진하게 만드는 참으로 건전한 성비라고 할 수 있는데, 이건 아무래도 나의 타고난 양기의 영향인 듯도 하다. 나로 말할 것 같으면 여성 비율이 높다고 알려진 영어회화 학원마저 남자 밭으로 만든 전력이 있는 사람이다. 대학 시절 이성과 운명적이면서도 우연스러운 만남을 꿈꾸며 회화 학원을 나갔건만, 첫날의 분위기는 이루 말할 수 없이 삭막했다. 문을 열고 들어온 강사는 '아니 여긴 도대체 왜 이런 거지?' 하는 표정으로 말했다.

"남자 분들만 등록한 반은 또 처음이네요."

어쨌든 영어에 대한 의지보다는 다른 것에 대한 흑심이 더 컸던 나는 두어 번 나가고는 학원으로 향하는 발길을 끊었다. 지금도 그때와 별반 다르지 않다. 나는 상대적으로 여성이 많은 직종으로 알려진 마케팅을 하고 있지만, 세간에 알려진 소문이 무색하게 우리 팀 다섯 명은 모두 남자다. 주류회사라는 업종의 특성도 있고, 작년까지는 여덟 명 중에 두 명이 여성이었다는 과거 회상적

변명거리도 있긴 하지만 결과적으로 이 모양이다. 이 정도면 사주팔자에 남자라는 두 글자가 유달리 깊게 새겨져 있는 건지도 모르겠다.

다시 본론으로 돌아가 동호회 구성원들의 인구통계학적 특성에 대해 좀 더 살펴보면, 회원들의 주 연령대는 20대 후반에서 30대 후반, 대부분 미혼이고 직장인이다. 대학생은 아무래도 뭘 하더라도 대학이라는 울타리 안에서 끼리끼리 모이게 마련이고, 가정을 일군 이들은 집의 테두리를 자유롭게 이탈하기 어렵다 보니 대체로 그 나이대의 사람들이 모인다.

물론 기혼자도 있다. 비율로 따진다면 10퍼센트를 조금 넘는 정도? 기혼자를 결혼한 지 얼마 되지 않은 신혼과 슬하에 자식이 있는 구혼(?)으로 구분했을 때, 상대적으로 신혼인 사람들의 참석률이 저조하고 활동하는 기간도 짧은 편이다. 아무래도 매주 모임에 나와 기타를 치고 맥주 한 캔을 마신 다음 자정께 집에 들어가기가 배우자에게 눈치가 보이는 일인 만큼 당연한 결과인 것도 같다. 반대로 결혼 연차가 제법 쌓여 아이가 학교에 다닐 정도로 큰 경우, 참여가 안정적이다. 그들이 모임에 나오기 위해 다른 날 집에 더 충성하고 있다는 건 같은 반 형을 통해 알았다. 그는 수요일이 아닌 날에 아이들과 더 열정적으로 놀아주고, 청소, 빨래, 설거지, 분리수거 같은 집안일도 미리미리 해둔다고 했다. 역시 뭔가를 얻기 위해서는 내놓는 것도 있어야 하나 보다.

동호회에 오기까지의 시간은 제각각이다. 기타를 사자마자 동호회에 가입했다는 사람을 두 명 정도 보긴 했지만, 대부분은 습자지처럼 얇은 경험이라도 따로 하고 오는 편이다. 학생 때 짧게 레슨을 받았다거나 나처럼 독학하다가 좌절을 했다거나. 작곡한 노래가 있다거나 밴드 활동을 했었을 정도로 음악적 수준과 경험치가 높은 사람이 오기도 하는데, 이들의 목적은 배움보다는 사교 쪽에 있다. 이들의 특징은 몇 개월 지나지 않아 이성친구가 생긴다는 것이며, 사랑이 싹튼 이후에는 동호회를 떠난다(이성친구가 생기지 않았어도 떠난다. 또 다른 사냥터를 찾아서).

동호회에는 장수 회원이 많다. 1년 이상 다닌 사람의

비율이 60퍼센트가 조금 넘는다. 어느 정도 나이가 들면 새로움보다는 안정을 좇게 돼 있고, 한번 궁둥이를 붙이면 죽치고 앉아 있게 되는 게 인간의 본성이라는 점을 고려했을 때, 다른 동호회도 비슷한 모습일 것 같다.

신입회원에겐 초반 두세 달이 고비다. 그 시간을 이겨내지 못하고 포기하는 경우가 많다. 동호회에서는 가끔 2개월짜리로 구성된 왕초보반을 운영하는데, 최근에 운영된 프로그램은 일곱 명의 멤버로 창대하게 시작해 두 명이라는 미약한 끝을 맺었다고 들었다. 그보다 반년 전쯤 운영된 왕초보반도 일곱 명으로 시작해 세 명 정도 남았다.

악기를 시작한 사람의 절반이 3개월 이내에 그만두고 나머지 절반의 절반도 6개월 이내에 포기한다고 하는데, 인공위성이 궤도에 오르기까지가 고비인 것처럼 취미도 초반 몇 개월이 지속성을 결정하는 분기점이다. 그 시기만 잘 넘기면 오랫동안 기타라는 아름다운 행성에서 즐거운 일상을 누릴 수 있다.

들어주는 사람이 있다는 것만으로도

이들은 왜 학원이 아닌 동호회를 선택했을까? 대답은 결국 사람이다. "매주 만나는 사람들이 좋아서요." "같이 연습하면 덜 지루해서요." "형님이랑 누나, 동생 들이 보고 싶어서요." 동호회라도 다녀야 기타 연습을 하게 된다는 말도 잘 따져보면 결국 사람 때문에 다닌다는 말이다. 이곳에는 나의 기타 소리를 들어줄 사람이 있고, 그들 앞에서 부끄럽지 않은 발표를 하기 위해 집에서 잠깐이라도 기타 줄을 튕기게 되는 거니까.

어디 가서 연주하고 뽐낼 실력은 아니지만, 이곳에는 나를 알아봐주고 나의 기타와 노래를 들어주는 사람들이 있다. 그들은 나와 퇴근 후의 모습이 비슷하고, 자주 들어가는 네이버 카페와 유튜브 계정이 겹치며, 기타가 잘 쳐질 때의 기쁨과 뜻대로 풀리지 않을 때의 짜증스러운 감정을 공유한다. 그렇게 공감과 관심을 재료 삼아 기타라는 세계에 작은 둥지를 만들어나간다. 그리고 그 안에서 서로 바라보고 서로 알은체하며 서로의 소리를 들어준다. 기타의 세계에서 외로운 방랑자가 되지 않도록 서로가 서로를 살포시 잡아준다.

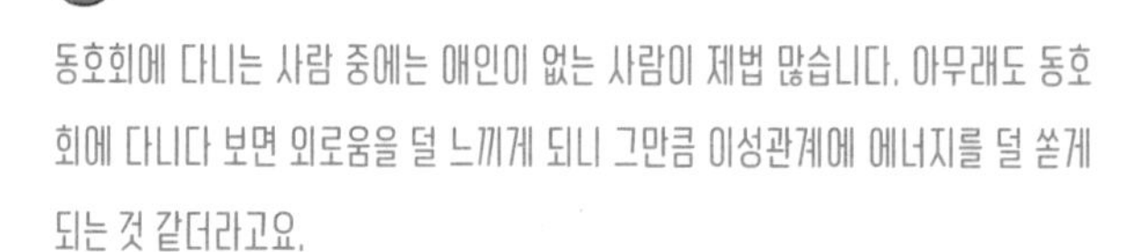

동호회에 다니는 사람 중에는 애인이 없는 사람이 제법 많습니다. 아무래도 동호회에 다니다 보면 외로움을 덜 느끼게 되니 그만큼 이성관계에 에너지를 덜 쏟게 되는 것 같더라고요.

동호회 예찬

: 내가 좋아하는 걸 너도 좋아하니까

사람이라면 누구나 식욕, 성욕, 수면욕과 함께 '사람에 대한 기본 욕구'를 가지고 있다. 다른 말로는 관계욕, 연결욕이라고 할 수 있겠다. 내가 어제 어떤 재미난 일이 있었고 오늘 얼마나 황당한 경험을 했는지, 또 내일은 어떤 멋진 일정이 나를 기다리고 있는지 공유(이자 자랑이자 토로)할 사람이 우리에겐 필요한 것이다.

'ㄴr는ㄱr끔 눈물을 흘린ㄷr'며 대한민국 국민의 감수성을 보여준 싸이월드부터 내가 이렇게 웃긴 사람이란 걸 보여주는 트위터, 그리고 나 요즘 이렇게 잘 놀고 잘 먹고 다닌다며 과시하는 인스타그램까지, 플랫폼은 계속 바뀌지만 명맥이 끊기지는 않는 SNS가 그 증거가 아닐까 싶다. 어쨌든 사람에겐 서로의 일상을 돌봐주는 것까지는 아니더라도 서로의 일상에 '좋아요'를 누를 정도의 사람은 언제나 필요한 것 같다.

사람의 식욕이 천차만별이듯 사람에 대한 욕구도 저마다 다르다. 젓가락질 몇 번 하고 배부르다는 사람이 있는가 하면 거하게 먹고 나서 '메인을 먹었으니 이젠 디저트를 먹어볼까?' 하며 다시 포크를 꺼내드는 사람도 있다. 양념이 진하고 간이 센 요리를 좋아하는 사람이 있는가 하면 심심한 음식을 선호하는 사람도 있다. 뷔페처럼 메뉴의 다양성과 푸짐함을 중시하는 사람도 있고 반찬 한두 가지로 족하다는 사람도 있다. 여기서 음식과 연관된 단어를 사람이나 관계의 말로 바꿔도 전혀 어색하지 않다.

취미생활에도 사람에 대한 욕구가 담겨 있다. 내가 봐도 작품이다 싶을 정도로 대단한 사진을 찍었다면, 함께 보며 훌륭하다고 엄지 척을 해줄 사람이 필요하다. 직접 만든 향초나 꽃다발을 선물했다면, 잘 쓰고 있다고 예쁘다고 향이 아주 좋다고 호응해줄 사람이 있어야 한다. 기타도 마찬가지다. 연습한 곡을 어느 정도 칠 수 있게 되면 그 결과물을 누군가에게 보여주고 싶어진다. 담임선생님께 칭찬을 들은 날이면 집에 돌아와 가방을 내려놓기도 전에 자랑부터 늘어놓던 아이의 마음이 우리 내면 한구석에는 여전히 남아 있다. 반대로 사람에 대한 욕구가 충족되지 않고 만족스럽지 않다면 허탈함이 시시때때로 찾아온다.

'무얼 위해 귀한 시간 쏟아가며 이 노력을 하고 있는 거지?'

그러고는 재미도 의미도 없는 것 같다며 하던 것을 중단하고 허한 마음을 채워줄 또 다른 뭔가를 찾아 나선다.

기타 취미생활에 있어 이런 관계욕을 채워주는 것이 동호회 모임이다. 매주 정해진 시간에 모이는 사람들, 급한 일이 아니면 (늦긴 해도) 빠지지 않는 사람들, 가볍게 인사를 나누고 함께 연습하며 기타 세계의 험난함을 공유하는 사람들, 한두 시간 열심히 연습하고 술 한잔에 시답지 않은 농담을 곁들이며 희희낙락거리는 사람들. 이들이 있기에 혼자서는 퍽퍽한 닭 가슴살 같던 기타 취미 생활에 윤기가 생긴다. 어찌 보면 동호회란 같은 취미를 가진 사람들이 모여 서로에게 취미의 안전망이 돼주는 공간이 아닐까 싶다. 취미생활이 서럽지 않게, 아주 외롭지는 않게 해주는 안전망.

잔잔하게 오래오래

잡지 〈컨셉진〉 64호의 주제는 '당신은 어떤 모임을 하고 있나요?'였다. 책을 주문하며 궁금했다. 정말 사람들은 어떤 모임을 하고 있을까? 그리고 그 모임에 나가는 이유는 무엇일까? 책 속에는 독서 토론 모임, 위스키 스터디 모임, 영화 리뷰 모임, 재즈 감상 모임, 유기견 봉사활동 모임, 그림 그리기 모임 등 다양한 종류의 커뮤니티가 있었다. 그중 가장 인상 깊었던 건 지리 전공자들이 모여 세상에 어떤 도움을 줄 수 있을지 토론하는 모임이었는데, 모임 이름이 귀여웠다. '내 전공은 지리구요.'

잡지 속 인터뷰를 읽어보니 사람들이 모임에 참여하

는 이유는 크게 두 가지로 나눌 수 있었다. 첫 번째는 배움에 대한 욕구. 독서 모임에 나가는 어떤 사람은 다른 사람의 관점을 접하면서 자신의 생각도 확장되는 것 같아 좋다고 했고, 사진 동호회의 구성원은 실력자들에게 꿀팁을 전수받을 수 있어 좋다고 했다. 두 번째 이유는 짐작하다시피 사람이었다. 인터뷰이 몇몇은 모임을 이렇게 정의했다. 공감할 수 있는 사람을 만나 외롭지 않게 사진을 찍을 수 있는 곳. 언제 어디서 만나든 나를 보며 환하게 웃어주는 사람들이 있어 소풍처럼 느껴지는 곳.

내가 기타 동호회를 다니는 것도 결국 이 두 가지 이유 때문이다. 실력자들로부터 기타 스킬을 배울 수 있다는 것과 그 길을 함께 걸어갈 사람들이 있다는 것.

기타 동호회 회원들의 연대는 아주 느슨하다. 매주 정해진 시간에만 모일 뿐, 기타 없이 따로 모임을 갖는다거나 하지는 않는다(순간적으로 '설마 나만 빼고 모이는 건 아니겠지?' 하는 생각이 잠시 머리를 스치긴 했다). 단톡방에 수십 개의 메시지가 날아드는 날도 가끔 있지만, 보통은 서로 안부를 챙기며 이모티콘 정도만 남기는 수준이다. 이 모임에는 잔소리 같은 것도 없다. 기타를 그렇게 치면 안 된다느니, 요즘 들어 왜 이렇게 연습을 안 하냐느니 하는 식의 참견이나 질책이 전혀 없다. 연습을 많이 못 하면 못 한 대로 '요즘에 일이 많이 바쁜가 보군' 이해하며 넘어간다. 또, 이곳에는 거창한 계획이나 목표가 존재하지 않는다. 매달 얼마를 모아 여행을 간다거나, 귀한 물건을 산다거나, 대회에 나간다거나 하는 야심찬 계획 따위 없다. 그저 매주 모여 기타 줄을 튕길 뿐이다. 관계에 따르는 부담이 최소화된 느슨한 연대요, 편안한 모임이다.

'혼자 가면 빨리 가고, 함께 가면 멀리 간다'라는 아프리카 속담을 처음 들었을 때, 함께 가면 오래 걸릴 뿐이라며 그 말에 동의하지 않았다. 함께하면 오늘은 대충하고 술이나 먹자는 놈도 있고, 자기 역할을 소홀히 하는 프리라이더도 생기는 법이니까. 하기 싫다는 사람 어르고 달래면서 끌고 가는 것도 힘든 일이고. 함께한다는 건 추가적인 감정과 에너지 소모를 동반하기에 더딘 방식이라며 홀로 하기를 예찬하기도 했다. 지금도 여전히 그런 생각을 하곤 한다. 회사의 여러 부문이 모여 서로의 입장만 늘어놓는 회의를 하고 나면 '사공이 많으면 배가 산으로 간다'는 옛 속담이 자연스레 떠오른다.

이런 나지만 동호회를 다니면서 함께 가면 멀리 간다는 말이 맞을 수도 있다는 걸 실감했다. 동호회를 다니지 않았다면 취미생활이 이렇게까지 이어질 수 있었을까? 독학을 했더라면 잘못된 연습 방법을 되풀이하며 헛발질을 계속했을 테고, 그 헛발질에 지쳐 에라 모르겠다 누워버리는 날이 늘어났을지도 모른다. 그리고 무엇보다 연습량이 어느 정도 쌓여 조그마한 성취를 했더라도 들어줄 사람이 별로 없으니 중간중간 허무함과 공허함을 느꼈을 거다. 그러다 그 감정을 주체하지 못하고 악기는 무슨 악기냐며 기타를 구석에 처박아두고는 다시 예전처럼 기타 없는 생활을 했을지도 모를 일이다.

매주 함께 연습하며 서로의 연주를 지켜보는 사람들, 그리고 서로의 결과물을 매달 들어주는 사람들, 이들이 있었기에 여기까지 올 수 있었다. 물론 동호회 활동에는 부담도 따른다. 시간 투자를 해야 하고 사람이 모이는 일이니 당연히 사람 관계로 인한 감정 소모도 있다. 버거울 정도로 긴 뒤풀이나 소란스러운 단톡방처럼 원치 않는 뭔가가 세트 구성처럼 뒤따를 수도 있다. 다행히 지금의 모임은 딱 내가 소화할 수 있을 정도의, 느슨한 연대다. 일주일에 한 번이라는 모임 횟수, 집과 가까운 장소, 길지 않은 뒤풀이, 그리고 가끔 불참할 수 있는 자유로움과 편하고 소탈한 사람들까지. 이곳에서 이 사람들과 함께라면 기타를 오래도록 칠 수 있을 것 같다. 거창하게 들릴 것 같아 살짝 쑥스럽기도 하지만, 잡지에 소개된 어느 모임처럼 서로의 결혼과 출산을 지켜볼 정도로 모임이 길게 이어지면 좋겠다.

만약 친구가 기타를 배우고 싶어 한다면, (석 달 정도 독학을 하며 기본기를 익힌 다음) 동호회를 다니라고 조언하겠습니다.

3장

욕심이 생긴다는 건 좋은 일이지, 아마도

어릴 적부터 실리보다는
멋, 명예, 자존심 따위가 더 중요했던 사람으로서
창작자가 풍기는 고결한 분위기는
오랫동안 동경의 대상이었다.
나는 직접 쓴 곡을 선물하는
낭만적인 사람이 되고 싶었고,
그런 이유로 올해부터
이런저런 멜로디를 흥얼거려보고 있다.

기타와 다한증

: 더 잘하고 싶은 마음

노래 〈꿍따리 샤바라〉의 가사 중에는 살다 보면 마음먹은 대로 되지 않을 때가 있고 그럴 땐 노랠 불러보라는 말이 나오지만, 보통 일이 잘 풀리지 않을 때는 짜증을 내며 비난의 대상을 찾기 마련이다. 시험 결과가 나쁜 날에는 출제자의 수준이 의심된다며 신경질이라도 부려야 기분이 한결 편해지고, 보고서가 까인 날에는 상대방의 안목이 10년 전 구식이라며 험담을 늘어놔야 속이 좀 풀린다. 그렇게 불만족스러운 결과와 원인을 내가 아닌 외부의 뭔가에 연결해놓아야만 더부룩한 마음속 불편함이 다소나마 해소된다.

기타를 치는 내내 내 마음속에도 불편한 질문이 하나 도사리고 있었는데, 그건 '기타를 2년 넘게 쳤는데도 도대체 왜! 초보 수준을 벗어나지 못하는가?'였다.

오디션 프로그램에 나온 누군가는 독학을 1년 했을 뿐이라는데 현란한 솜씨를 뽐내고 있고, 동호회 회원 몇몇은 시간에 비례해 실력이 쑥쑥 느는 게 눈에 보이는데, 지난 몇 달 동안 나는 제자리걸음이었다. 레벨 업을 위해 이번 단계에서 쌓아야 하는 경험치가 너무 많아 힘에 부친다는 느낌이었다. 불편한 상황 속에서 마음의 평화를 지키기 위해 나는 방어기제를 쓴다. 기타 실력이 늘지 않는 건 연습량이 충분치 않아 그런 것이 아니요, 저녁 먹고 소화시키러 산책 나온 동네 아주머니의 마음가짐으로 느긋하게 연습해서 그런 것도 아니다. 그저 손에 땀이 많이 나서 그런 것뿐이다…….

수족 다한증이 언제부터 시작됐는지 정확하게 기억나지는 않는다. 예닐곱 살 무렵 피아노 학원을 두 달 정도 다녔는데, 그때 피아노를 치다 보면 내 손의 땀과 생활 먼지가 한데 모여 만들어낸 땟국물이 새하얀 건반 위로 맺혔었다. 부끄러운 마음에 그걸 옷소매로 재빨리 훔쳤다는 기억이 남아 있는 걸 보면, 제법 일찍부터 그 증상이 시작된 것 같다.

다한증 에피소드 중에서도 대학생 때의 일은 가장 또렷한 기억으로 남아 있다. 당시 나는 경제학 어느 과목의 기말고사를 보고 있었다. 그 강의의 조교들은 다들 답안을 길게 써야 좋은 점수를 받는다고 착각하는 것 같은데, 중요한 것은 답의 길이가 아니라 제대로 된 답을 간결하게 적는 것이라고 훈수를 뒀다. 그러고는 그런 의미에서 주관식 답안지를 딱 한 장만 주겠다고 선포했다. 두 장은 절대 허용되지 않는다면서. 당시 답안지는 갱지였고 갱지는 물기에 취약했다. 몸이든 마음이든 어딘가 조금이라도 불편하면 손에 땀이 나기 시작하는 나에게 단 한 장의 시험지는 새로운 종류의 물고문이었다. 보통의 시험에서 나는 답안지를 여유 있게 받아둔 다음 그중 한두 장을 두세 번 접어 일종의 받침대로 활용했었다. 그날 시험에서는 이 방법이 불가능했다. 나는 서예를 하는 명필가의 자세로, 손바닥이 종이에 닿지 않도록 펜을 꼿꼿이 쥐고 답을 써내려갔다. 속도는 안 나고 팔은 아픈데 글씨는 초등학생처럼 삐뚤빼뚤했던 그날 내 손을 참 많이 원망했다.

다한증으로 인한 일상의 불편은 끝이 없다. 악수하는 상황이 오면 괜히 쭈뼛거리게 되고, 손을 잡기 직전 재빨리 바지에 손바닥을 문지른 다음 손을 내민다. 하이파이브를 하는 상황도 불편하기는 마찬가지인데, 몇 번의 하이파이브는 상대의 손뼉에 내 손등을 갖다 대기도 했다. 연인과 깍지를 낀 채 영화를 보다가 클라이맥스에 이르러 땀이 과하게 나면 손을 잠시 풀거나 그사이에 휴지를 끼워두기도 했고, 플레이스테이션을 하다가 다음 순번에게 조이스틱을 넘겨줄 때는 티셔츠로 거기 묻은 땀을 닦아줘야 했다. 기타 생활에서도 다한증은 민폐였는데, 땀이 묻은 기타 줄은 쉬이 녹슬었고, 섬세하게 현을 짚어야 하는 손가락은 미끈거리는 탓에 줄을 놓치며 좋지 않은 소리를 자주 냈다.

다한증 치료를 향한 머나먼 길

다한증은 신경계통의 이상으로 생기는 질환이다. 지나치게 예민한 교감신경이 필요하지 않은 순간에도 땀샘에 땀을 분비하라는 신호를 보낸다. 다른 병의 후유증으로 생기기도 한다지만, 나처럼 타고난 경우 그 원인을 특별히 알 수는 없다고 한다. 교감신경은 흥분하면 아세틸콜린이라는 신경전달물질을 내보내고, 이 신호를 받은 땀샘은 땀을 만들어낸다. 땀이 나는 이 프로세스에 착안해서 몇 가지 다한증 치료-관리 방법이 개발돼 있긴 하다. 교감신경을 절단하거나 일시적으로 신경을 마비시켜 둔감하게 만들거나, 땀샘을 뭔가로 막거나…….

교감신경 절단술은 네 번째 갈비뼈 근처에 있는 교감신경 일부를 끊어주는 수술이라고 한다. 아무래도 몸에 칼을 대는 것이 무섭기도 하고, 복잡 미묘한 생태계에 보를 설치했다가 녹조라테가 생긴 것처럼 내 몸에도 예상치 못한 부작용이 생길까 두려워 시도해보지 못한 치료법이기도 하다. 이 수술을 받고 나서 다한증의 불편함에서 해방된 사람도 있지만, 보상성 다한증이 생겨 손발에는 땀이 덜 나지만 대신 무릎이나 인중에서 땀이 나는 경우도 많다고 한다.

또 다른 다한증 관리법으로는 보톡스 주사가 있다. 응? 보톡스라고? 맞다, 주름을 펴준다는 바로 그 주사! 보톡스는 신경을 일정 기간 마비시켜 신경전달물질의 분비를 억제한다. 아세틸콜린이라는 신경전달물질은 땀의 활동에도 관여하지만 근육의 움직임에도 영향을 끼치는데, 보톡스는 아세틸콜린의 분비를 억제해 근육을 마비시키고 그로 인해 주름이 펴져 보이는 것이다.

대학을 졸업하고 신입사원 연수를 떠나기 직전에 처음으로 손에 보톡스를 맞았다. 아무래도 새로운 사람과 인사할 일이 많은 시기인 만큼 민폐를 끼치기도, 위축되기도 싫어 결심한 일이었다. 보톡스의 효과는 확실했다. 연수를 받고 새로운 부서에 배치받아 엑셀을 익히고 파워포인트와 친해지던 3개월 동안 손바닥에는 땀이 나지 않았다. 대신 손목과 팔꿈치 사이 팔등에서 났다. 이게 일종의 보상성 다한증이겠지, 하는 마음으로 지냈다. 보톡스는 보통 그 효과가 3개월에서 6개월 정도 지속된다고 하는데, 내 경우에는 딱 3개월이었고 그 후에는 다시 예전만큼 손바닥에 땀이 났다.

넘기 힘든 허들을 마주한 것처럼 기타 실력이 더디 늘 때, 몇 번인가 보톡스를 고민했다. 한 번 맞고 3개월 안에 또 맞으면 그 효과가 2년까지도 간다는 의사 선생의 말도 기억났다. 하지만 가격이 저렴하지 않을뿐더러 보톡스가 근육을 마비시키는 기능도 수행하므로 좋은 선택이 아닐 것 같았다. 보톡스 주사를 맞은 다음 땅에 떨어진 볼펜을 잘 줍지 못해 사람들이 이상하게 봤다는 누군가의 후기처럼 근력이 약해진 손가락으로는 기타 줄을 제대로 짚지 못해 또 다른 문제가 생길 것 같았다.

이런 연유로 다한증 문제는 주로 드리클로를 통해 해결했다. 드리클로란 염화알루미늄 수용액으로, 알루미늄 물질로 땀샘을 막아버리는 방법이다. 드리클로는 효과는 좋지만 과정이 번거롭다. 손과 발에 바르고 나면 한 시간쯤 건조를 시켜줘야 하는데, 손과 발에 바른 액체가 이불에 묻지 않도록 어설픈 만세를 한 채 어정쩡하게 누워 있는 시간은 편치 않았고(보통 TV를 틀어두고 말리는데, 하필 그날따라 선택한 프로그램이 재미없다면 그 시간은 정말 고역이다) 번거로움은 꾸준함에 방해가 됐다.

보송보송, 신세계

그러다 알게 된 게 이온영동치료기다. 수돗물을 통에 담아 약한 전류를 흐르게 한 다음 거기에 손과 발을 20분씩 담그는 치료법인데, 그 작용기전이 정확하게 밝혀지지는 않은 것 같다. 수돗물에 있는 염소 이온이 전류에 의해 땀구멍으로 흘러 들어가 땀구멍을 막는 원리라고도 하고, 미세한 전기 자극이 땀샘 감각의 역치를 올려 땀의 분비를 막는 것이라는 이야기도 있다. 어쨌든 유튜브에는 나처럼 다한증으로 고통받았던 크리에이터 몇몇의 간증이 올라와 있었다. 이 도구 덕분에 새로운 인생이 시작됐다는 사람도 있었고, 지금까지 써본 방법 중 최고라는 리뷰도 있었다. 관리에 필요한 시간과 노력이 드리클로보다 적은 듯한 이 방법은 얼핏 보기에도 기타 인생의 터닝 포인트가 될 것 같았고, 정체 구간에 진입한 내 기타 실력에 날개가 돼주길 바라며 주문을 넣었다. 인생 첫 번째 해외 직구였다.

플라스틱 재질의 통 두 개에 금속판을 깔고 그 위로 폭신한 패드를 올린다. 수돗물을 국그릇으로 하나 반 정도씩 넣은 다음 콘센트에 연결된 전극패드에 단자를 꽂는데, 한쪽에는 플러스극을, 다른 한쪽에는 마이너스극을 연결한다. 양손을 10분간 담그고 난 후에는 플러스-마이너스 단자를 반대로 꽂아 10분 더 한다. 이런 식으로 이온영동치료를 한 지 8일째 되던 날, 마침내 땀이 멈췄다. 완전히 말라버린 건 아니고 몹시 덥거나 긴장이 많이 되는 순간에는 땀이 조금 났지만, 예전의 축축함과는 비교가 안 될 수준이었다. 이건 뽀송뽀송한 신세계였다. 8일까지는 매일 치료를 했고, 그 후로는 일주일에 한 번으로 바꿨는데 치료를 시작한 지 한 달이 지난 지금도 여전히 손발이 건조하다. 물기 빠진 가벼운 손놀림이라 그런지 괜히 기타도 더 잘 쳐지는 느낌이다.

밴드 공연이나 버스킹 영상을 보면 인트로나 간주 부분에서 기타리스트의 눈부신 솔로 연주를 접하곤 한다. 접신한 사람처럼 현란하게 움직이는 그들처럼 기타를 치긴 어렵겠지만, 연주의 맛을 위해 중간중간 꾸밈음을 넣고 어렵지 않은 기교 정도는 나도 부리고 싶다. 이제 핑곗거리는 사라졌고, 연습만 남았다.

이온영동치료기는 몸이 적응을 하는지 점점 사용해야 하는 주기가 짧아지더군요. 동호회에 큰 행사가 있는 달에만 간헐적으로 사용하다 지금은 방 한구석에 가지런히 놓여 있습니다.

또 다른 로망

: 재활하듯, 코인 노래방

돌이켜보면 기타는 학창 시절 체조 운동 같았다. 하면서도 소질이 없다는 생각을 자주 했다. 어릴 적 나는 구기 종목 쪽으론 제법 감이 있었지만 구르기, 손 짚고 옆돌기 같은 운동에는 젬병이었다. 머리통이 성격처럼 삐뚤빼뚤한지 반듯하게 구르지 못했고, 옆돌기를 할 때에는 팔다리가 게의 집게처럼 엉거주춤한 모양새가 됐다. 기타도 그간 쌓아온 삶의 블록과 잘 맞지 않았는지 연습해온 시간에 비해 실력이 차곡차곡 쌓이지는 않았다.

그래도 몇 년 꾸준히 하다 보니 기본적인 코드와 주법에는 익숙해졌고, 몇 곡 정도는 남들 앞에서 그럴듯하게 칠 수 있는 수준이 됐는데, 그때 깨달았다. 10대부터 꿈꿔온 나의 로망이 기타를 치는 것이긴 했지만, 정확히는 기타를 치며 '노래를 잘하는 것'이었다는 것을. 나는 멀쩡히 회사를 다니다가 내 꿈은 이게 아니었다며 사직서를 제출하는 신입사원의 마음으로 새해 결심을 세웠다. 이제 기타 연습은 조금 줄이고, 노래 연습에 집중하자고.

그리고 작년 말부터 다니기 시작한 곳이 코인 노래방이다. 모임이나 데이트를 하기 전 자투리 시간에도 가고, 약속 없는 평일 퇴근길에 들르기도 한다. 나처럼 목소리가 작고 말수가 적은 사람이 노래 연습을 하는 데 이곳만큼 유용한 곳도 없는 듯하다. 회사에서도 혼자 고심하는 시간이 많은 나는 좀처럼 성대를 쓸 일이 없어 가끔 오는 전화를 받다 목이 잠겨 헛기침을 해야 할 지경이다. 성격과 생활방식이 이렇다 보니 어릴 적 쨩쨩하게 울어대던 성대는 퇴화했고, 폐와 횡격막의 운동 능력 또한 절간 같은 생활에 맞춰 다운튜닝 돼버렸다. 큰 소리를 자주 냄으로써 호흡압력을 키울 필요가 있었지만, 방음이 취약한 집에서 그 연습을 할 수는 없는 노릇이었다(크게 소리 내기가 호흡압력을 키우는 가장 쉬운 연습법인데, 그럴 수 있는 환경에 사는 사람이 얼마나 될까). 그렇다고 연습실을 빌리는 건 오버다 싶고, 보컬 레슨을 받는 것도 시기상조라고 생각해 코인 노래방을 다녔다.

요즘 코인 노래방은 시설이 꽤 좋다. 오락실 한 귀퉁이에 붙어 있던 시절에는 의자도 대부분 등받이가 없었고 방음도 허술했지만, 이제는 번듯하게 소파도 있고 방음도 나쁘지 않다. 방에 들어가 소파 한구석에 외투와 가방을 벗어둔 다음, 지갑에서 5,000원짜리 지폐 하나를 꺼낸다. 돈을 투입구에 넣으면 화재 발생 시 어떻게 대피하라는 안내 방송이 나오고, 모니터 오른쪽 상단에 열두 곡을 부를 수 있다는 표시가 뜬다. 1,000원이면 두 곡을 부를 수 있는데 5,000원을 넣으면 두 곡이 서비스라 총 열두 곡이 된다. 충전 중인 무선 마이크에 위생망을 씌운 다음 장범준, 김진호, 10cm 같은 좋아하는 가수의 노래를 하나씩 부르기 시작한다.

그렇게 한 시간 동안 노래 부르는 행위가 가진 본연의 흥과 허름한 가창력을 확인하는 슬픔, 어제보다 잘 부르는 것 같다는 착각의 즐거움을 냉탕과 온탕처럼 오간다. 그러고 나면 안에 받쳐 입은 티셔츠는 땀에 축축해지고, 안 쓰던 근육을 사용한 탓에 현기증을 느낀다. 다리가 조금 후들거리는 느낌도 든다.

코인 노래방에서 부른 노래들은 핸드폰으로 녹음해 뒀다가 집으로 가는 길에 들어본다. 대부분 몇 초 듣고 '아휴, 목소리가 왜 이래!' 하며 절로 정지 버튼을 누르게 된다. 그래도 가끔은 '듣기 괜찮은데?' 싶은 곡도 있다. 그런 곡은 내 음색과 잘 어울리는 곡이겠다 싶어 기억해 뒀다가 다음 방문 때 불러보기도 하고 기타 동호회 발표곡으로 찜해두기도 한다. 아주 가끔 어느 구절에서 듣기 좋은 소리가 났다고 느끼기도 하는데, 그럴 때는 그 느낌을 다시 살려보겠다며 반복해서 흥얼거리기도 한다.

일주일에 세 번씩 두 달 정도 코노를 다녔고, 지금은 코로나 이슈로 발길을 끊었다. 코인 노래방을 다닌 두 달 동안 노래 실력은 동결된 연봉처럼 늘지 않았다. 그래도 소득이 하나 있었는데, 사람들이 내 발음을 좀 더 명확하게 듣기 시작했다는 것이다. 회사 일로 통화를 하다

메일 주소를 불러주면, 특유의 웅얼거리는 목소리 탓에 "네? 뭐라고요? tb요?"라는 질문을 자주 받았다. 그럼 나는 "아니요. tb 말고 db 있죠? 데이터베이스 할 때 db"라고 추가 설명을 해야 했는데, 노래방을 다니면서 목소리에 힘이 좀 붙었는지 이제는 상대방이 곧잘 알아듣는 편이다. 나름의 수확이다.

음악 취미생활 쪽으로 목표를 하나 세웠는데 연말 공연에서 노래를 한 곡 부르는 것이다. 동호회 연말 공연은 홍대 근처 '어쿠스틱 홀릭'이라는 공연장에서 진행되며, 동호회 회원들이 친구를 초대하기 때문에 객석에 60명 정도가 모인다. 그 무대에서 수요반 회원들의 연주를 배경 삼아 노래를 한번 불러보고 싶다. 이왕이면 기타도 함께 연주하면서.

물론 내가 하고 싶다고 할 수 있는 건 아니다. 내 노래 실력을 너무나 잘 아는 동호회 회원들이 "저 이번에 노래 한 곡 해도 될까요?"라는 말을 듣자마자 내 입을 틀어막으며 기타나 치라고 막아설 가능성이 아주 크기 때문이다. 작년 공연을 망쳤는데, 올해도 망칠 수는 없다는 말을 덧붙이면서. 나름 자기 객관화가 잘 돼 있는 나 역시도 잘 안다. 무대에 설 깜냥이 안 된다는 걸. 하지만 기타도 연습하고 연습해 공연을 해냈듯이 노래도 연습하고 또 연습하면 해낼 수 있지 않을까? 무엇보다 우리는 취미로 음악을 하는 동호인들이고, 잘하는 모습보다 노력하는 모습을 보일 때 더 큰 박수를 받는 사람들이니 내게도 아주 기회가 없을 것 같지는 않다.

노래 연습은 몇 달째 계속하고 있는데, 아직 가창력이 좋아졌다는 피드백을 듣지는 못했습니다. 흑흑.

보컬 원데이 클래스

: 얼마 없는 가능성이라도

"선생님, 제가 보컬로서 장점이 있긴 있을까요?"

한참을 고심하던 그는 조심스럽게 입을 뗐다.

"음, 지금은 잘 모르겠어요. 목소리가 얇은 게 특색 있다 정도? 그래도 상처받지는 마세요. 단점이 사라지면 그때 장점이 드러날 수도 있습니다."

코인 노래방을 다니던 나는 문득 궁금해졌다. 내 노래 실력이 어느 정도인지, 가능성은 있는지, 또 어떤 부분을 보완해야 하는지. 나는 건강검진을 받는 마음으로 보컬 원데이 클래스를 신청했다. 요즘은 프립 같은 액티비

티 플랫폼이 워낙 잘 갖춰져 있어서 이런저런 수업에 참여하기가 참 쉬워졌다. 나는 목록에 있는 보컬 강좌 중에 홍대 인근에서 진행되면서 후기도 괜찮은 강습 하나를 찾아 예약했다.

약속 장소는 합정역 근처였고, 역에서 10분 남짓 걸어야 하는 거리였다. 안내 문자에 적힌 주소에 도착해 전화를 하니 그는 3층으로 올라오라고 답했다. 계단으로 올라가자 조그만 공간으로 무수히 쪼개진 음악 교습소 풍경이 눈앞에 펼쳐졌다. 월요일 저녁이라 그런 건지, 아니면 인기가 없는 곳이라 그런 건지 알 수 없지만, 다른 수강생이 전혀 보이지 않아 왠지 싸한 느낌을 받으며 오늘의 선생님께 인사를 했고, 싱어송라이터로 활동하면서 보컬 수업도 함께 진행한다는 그의 안내에 따라 무수히 많은 방 중에 한 곳으로 들어갔다.

자리에 앉자 그는 50분짜리 원데이 클래스가 어떻게 운영되는지 설명했다.

“10분 정도는 소리가 나는 원리, 복식호흡 같은 기초 이론을 설명해드릴 거고요, 성대를 촬영한 영상도 함께

볼 거예요. 그리고 남은 시간 동안 자주 부르시는 노래 한 곡을 불러보고, 녹음한 걸 들어보며 고칠 점을 말씀드린 다음에 다시 불러보는 식으로 진행할게요."

그는 이어서 수업에 오기 전에 궁금했던 점이나 고치고 싶은 부분이 있는지 물었고, 나는 대답했다.

"음, 제가 목소리가 얇고 소리가 웅얼거리는 것처럼 답답하게 나거든요. 그걸 고칠 방법을 알고 싶어요."

그리고 이 말도 덧붙였다.

"그것도 그런데, 먼저 제가 보컬로서 장점이 있기는 한 건지 알고 싶습니다. 일단 저는 찾지 못했거든요."

수업에서 부르기로 한 곡은 장범준의 〈흔들리는 꽃들 속에서 네 샴푸향이 느껴진 거야〉였다. 간단한 설명을 듣고 난 다음 MR 반주를 들으며 1절을 불렀다. 노래를 듣고 난 그는 내 노랫소리가 그렇게 나쁘지는 않다고 조금 어색하게 말했고, 나는 그게 입에 발린 소리라는 걸 알면서도 괜히 기분이 좋았다. 그는 이어서 노래 부를 때 보완할 점을 피드백해줬다.

"원곡이 신나는 곡인데, 정훈 님이 부른 노래는 그만

큼 리듬감이 느껴지진 않았어요. 아무래도 끝 음을 길게 끌어버릇해서 그런 것 같고요. 이번에는 끝 음을 짧게 해서 불러볼게요."

그와 동시에 몸으로 박자를 타며 신나게 불러보라는 말도 덧붙였다. 나는 그의 말에 따라 엉거주춤 몸을 흔들며 노래를 불렀다. 녹음한 걸 다시 들어본 다음 그는 한 음절씩 툭툭 끊어서 불러보라는 주문을 하기도 했고, 미소를 지으면서 노래를 불러보라거나 배에 힘을 더 준 채 소리를 내보라고 요청하기도 했다.

그 와중에 그가 가장 자주 한 이야기는 "멀리 있는 사람에게 말하듯이 소리를 내보세요"였다. 소리가 답답하게 나니 앞으로 시원하게 질러보라는 건데, 뜻대로 잘 되지 않았다. 그는 배에 공기를 채운 상태에서 누군가가 옆구리를 찔렀다고 상상하며 짧고 날카롭게 '아' 소리를 내보라고 말했지만, 그의 쨍쨍한 소리와 달리 내 성대에서는 어딘가가 막힌 듯한 답답한 소리만 났다.

그렇게 선생님을 따라 계속 '아-' 소리를 내다 보니 갑자기 답답했던 소리가 댐 수문 열리듯 시원하게 트이는 일은 만화에서나 나오는 이야기고, 50분이라는 짧은 수업 시간 동안 내 소리에는 별다른 변화가 없었다. 어떻게 보면 원데이 클래스는 동호회에 다니며 발표할 곡을 자주 녹음해보면서 이미 알게 된 문제점을 빵빵한 스피커로 크게 들으면서 더 극적으로 체감한 시간이었다.

수업을 마무리하며 그는 시작할 때 내가 던진 질문에 대답을 해줬다.

"음색이 얇아서 특색 있는 편이에요. 얇은 목소리인데 중저음이 잘 나오는 편이기도 하고요."

나는 억지로 장점을 짜내실 것까지는 없다며 웃었고 그도 나를 따라 웃었다. 그는 소리를 앞으로 내보내는 걸 잘 못하는 편이니, 일상생활에서도 더 크게 말하고, 짧고 날카롭게 '아' 소리를 내는 연습도 꾸준히 해보라는 조언을 작별 인사로 덧붙였다.

보컬 원데이 클래스를 받고 집으로 돌아와 나는 '우타에트'라는 도구를 주문했다. 생일 때 머리 위에 쓰는 고깔처럼 생긴 이 도구는 넓은 구멍 쪽에 입과 턱을 대고 뾰족한 앞부분은 손으로 잡아 사용하는데, 내가 내는 소리의 크기가 줄어들기 때문에 집에서 노래 연습을 할 때 도움이 된다고 상품 소개란에 적혀 있었다. 나는 발성 훈련을 해볼 요량으로 과감히 주문 버튼을 클릭했고 별 기능도 없는 것 같은데 쓸데없이 비싼 깔때기를 들고 틈틈이 베란다로 나가 보컬 선생님이 가르쳐준 '아' 소리 내는 연습을 해보고 있다. 아! 아! 아~~~!

인적이 드문 거리에서도 가끔 '아-' 소리를 내보곤 하는데, 갑자기 골목에서 불쑥 사람이 나올 때가 있어 종종 부끄러워집니다.

기확행

: 잘하면 더 재밌다

글을 시작하기 전에 먼저 수십만 기타인들에게 사과를 하고 싶다. 제목에 감히 '잘하면'이라는 표현을 쓴 것에 대하여. 왕초보라는 단어에서 맨 앞 글자만 겨우 뗀 주제에 이런 오만한 표현을 쓰다니, 그렇게 안 봤는데 파렴치한이었구먼,이라고 생각할지도 모르겠다. 실력이 조금 늘면 조금 더 재밌다, 약간 잘하게 되면 약간 더 즐겁다, 반 발자국 성장의 기쁨, 같은 제목도 생각해봤지만, 말맛이 떨어져 과감한 표현을 선택했다. 잘 쓰고 싶은 이 마음을 조금 이해해주시길…….

기타 동호회를 다닌 지도 두 해가 넘었다. 독학의 기간까지 포함하면 기타를 본격적으로 친 기간이 3년이 넘은 것이다. 비록 독학이 헛발질의 연속이었고, 미천한 재능과 게으른 심성 탓에 그 시간에 어울리는 실력을 갖추지는 못했지만, 독학하며 어설프게나마 익힌 곡이 몇 개 있기도 하고, 동호회를 다니며 매달 한 곡씩 발표했더니 나름 세는 데 양 손가락을 써도 부족할 정도의 연주 리스트가 생겼다. 이런 걸 레퍼토리라고 한다지!

사무실에 앉자마자 해야 할 일들의 리스트를 적어두곤 정신없이 지워가기 바빴던 날, 열심히 진행해온 프로젝트의 중간 지점에서 갑자기 다른 방향을 이야기하는 상사나 빨리빨리를 외치는 동료 때문에 동해바다 같은 깊은 '빡침'이 찾아온 날, 그런 날에는 퇴근하고 방구석에 앉아 레퍼토리에 있는 곡들을 하나씩 연주해본다. 그렇게 한 곡씩 더듬더듬 따라가다 보면 배배 꼬인 감정이 조금씩 풀린다. 음악에 집중한 뇌는 고인 감정에 물길을 내주고, 기타 줄을 튕기며 피어난 홍겨운 파동이 그 자리를 대신한다.

칠 줄 아는 곡이 하나둘 늘어나는 동안 기본기도 함

께 쌓인다. 그렇게 나아진 재주로 감히 시도하지 못했던 연주 난이도 별 세 개짜리 노래에도 도전해본다. 이전에는 가능성 제로요, 다음 생에나 할 수 있을 것이라 여겼던 곡들이 이제는 엇비슷하게 소리가 난다. 버스커 버스커의 〈첫사랑〉이 바로 그런 곡 중 하나다. 이 곡을 연주하려면 복잡한 리듬을 구현할 여러 기교가 필요한데, 우선 첫 마디부터 '해머링 온'을 할 줄 알아야 했다. '해머링 온'은 왼손으로 기타 줄을 먼저 또는 동시에 잡고 오른손으로 튕기는 보통의 연주와 다르게 오른손으로 줄을 튕긴 후에 왼손으로 줄을 짚는 기술이다. 예를 들어, 연주해야 하는 코드가 D코드라면 일반적으로 3번 줄 2프렛, 2번 줄 3프렛, 1번 줄 2프렛을 잡고 탄현하면 되는데, 해머링 온 기술을 넣는다면 3번 줄과 2번 줄은 잡되 1번 줄은 잡지 않고 있다가 오른손으로 줄을 튕긴 다음 약간의 시차를 두고 1번 줄 2프렛을 눌러준다. 그러면 '따-당' 하는 리듬이 생기고 음이 상승하는 느낌이 더해져 연주가 재미있어진다.

〈첫사랑〉에는 예시와 달리 해머링 온을 하며 세 줄이나 잡아줘야 하는 난도 높은 기술이 사용됐다. 검지로 3프렛 1번 줄부터 4번 줄까지 네 줄을 한 번에 잡고 있다가 오른손으로 다운 스트로크를 해준 후에 바로 약지로 5프렛 1번 줄부터 3번 줄까지 세 개의 줄을 눌러줘야 했다. 독학할 때 몇 번 해보고는 도저히 안 되겠다 싶어 포기했던 터인데, 그간 다양한 형태의 바레 코드를 연습하며 손가락에 힘이 붙었는지 어느 순간부터 제법 그럴듯한 소리가 나기 시작했다. 안 되던 것이 되는 것이 되고, 하고 싶던 곡이 할 수 있는 곡이 되면서 기타의 즐거움은 점점 더 커졌다.

동호회 발표를 준비하며 그 과정이 유독 신났던 곡이 몇 개 있는데, 그중 하나가 김현정의 〈혼자한 사랑〉이다. 이 곡은 내가 초등학교 6학년 때 나온 노래로, 오락실 노래방에 다니며 즐겨 불렀던 곡이기도 하다. 월말 발표곡을 정하다 우연히 옛 추억이 떠올랐고 오래된 노래라서 인터넷에 강좌 영상이나 커버 영상이 없으니 내 나름대로 연주법을 찾아 발표해보자고 마음먹었다.

이런 댄스곡은 기타 한 대로만 반주하면 무척 밋밋하다. 쿨의 〈애상〉을 어쿠스틱 버전으로 편곡한 10cm의

곡처럼 화려한 기교로 다른 악기의 빈틈을 쉴 새 없이 메꿔줘야 들어줄 만한 결과물이 나온다. 그러니 나 같은 초짜에게 쉬운 도전은 아니고, 애초부터 '결과물의 완성도'보다는 '시도' 자체에 의의를 두고 시작한 일이었다. 나는 이전에 익혔던 연주법 중에 적용해볼 만한 것이 있을지 복기해봤고 〈혜민쌤의 스트럼스타일〉 카페에서 보고 배운 〈말하는 대로〉의 연주법이 이 곡과 잘 어울릴 것 같아 그 주법을 적용해보기 시작했다. 이 방법은 E key에 적합한 연주법이었기 때문에 우선 인터넷으로 구매한 악보의 키를 조정했고, 노래의 흐름에 맞춰 주법의 순서도 조금씩 바꿔나갔다.

그렇게 만들어진 〈혼자한 사랑〉 어쿠스틱 버전은 아무래도 원곡만큼 신날 순 없었지만 나름 심심하고 담백한 맛이 있었다. 나는 그렇게 나만의 방법을 찾아 연주하는 것에 성취감을 느꼈고, 음악에 조금씩 나만의 색이 입혀지는 것이 좋았다. 그 후로도 좋아하는 가수의 신곡이 나오면 인터넷에서 구매한 악보를 보며 그간 익힌 주법을 조합해 제멋대로 연주법을 짜보곤 했는데, 그건 결과물의 퀄리티를 떠나 성취감이 큰 일이자 신나는 놀이였다.

이렇게 나만의 음악 세계에 빠져 있다 보면 기타만큼 지속 가능한 행복의 방법도 없다는 생각을 하게 된다. 흔히들 욜로 운운하며 소비가 확실한 행복이라고 말하지만, 소비로 스트레스를 해소하기에는 내 월급이 너무 작고 소중하다. 쥐꼬리만 한 월급을 소비에 쓰다 보면 소비에서 느끼는 기쁨보다 잔액을 확인하는 슬픔과 후회가 더 커져버린다.

술도 확실한 행복이지만, 술의 부작용은 혜택만큼 크다. 한껏 업된 기분과 기능을 상실한 전두엽 때문에 지갑이 초기화되기도 하고, 적정량을 넘어선 알코올로 기억이 로그아웃하기도 한다. 마음의 부작용도 적지 않다. 술 마신 다음 날 찾아오는 공허함이나 무기력함을 다들 경험해봤으리라. 어느 심리학 책에서 자살하는 사람은 술을 마신 상황에서 그런 일을 저지르는 게 아니라 술이 어느 정도 깬 순간에 그런 행동을 해버린다는 이야기를 읽었다. 술이 주는 즉각적인 즐거움에 대한 대가다.

쉽게 얻은 건 쉽게 떠나는 법이다. 술과 소비가 주는

빠른 행복은 단명의 운명을 타고났다. 하지만 기타는 다르다. 공들인 시간만큼 즐거움의 길이도 길다. 게다가 집으로 돌아와 편한 옷으로 갈아입고 기타만 집어 들면 땡이니 매일의 행복에 추가 비용도 없다.

<혼자한 사랑> 발표는 제법 신선한 시도였다며 동호회 회원들로부터 긍정적인 피드백을 받았습니다.

견디는 법

: 무리하지도 포기하지도 말고

기타가 주는 느리지만 확실한 행복을 얻으려면, 취미가 생활의 일부로 자리 잡기까지 초반 몇 개월을 잘 넘겨야 한다. 그 시간만 잘 견뎌내면 관성이 붙어 기타와의 인연이 오래도록 이어질 수 있다.

빡빡한 일상에 뭔가를 더하기 위해서는 빼기가 필수다. 시간은 유한하고 우리는 이미 충분히 바쁘므로. '남아도는 시간을 어떻게 써야 할지 몰라 미치겠어요'라고 말할 수 있는 사람이 몇 명이나 될까? 나이가 지긋해져 은퇴를 한 분이라면 모를까 학생은 학생대로, 직장인은 직장인대로 눈코 뜰 새 없이 바쁜 곳이 바로 이곳, 대한민국이다. 이미 해야 할 것으로 가득 찬 인생에 뭔가를 새로 보태보겠노라 다짐했으니 잘될 리가 없다. 가득 차 있는 물컵에 물을 부으면 물만 넘칠 뿐이다. 그러니 뭔가를 빼야 한다. 덜어내야 채울 수 있다.

tvN 프로그램 〈어쩌다 어른〉에 출연한 심리학자 김경일 교수는 인간의 마음에는 총량의 법칙을 따르는 것과 따르지 않는 것이 있는데, 우리가 가진 의지력에는 총량이 있다고 했다. 매일매일 방전하듯 살아가는 우리 일상에 취미가 끼어들기 위해서는 한정된 자원을 잡아먹는 몇 가지 일을 없애든 저전력 모드로 전환하든, 조정이 필요하다.

기타를 시작할 무렵 나는 회사에서 한 시간 이상 야근하지 않겠다고 결심했다. "아니, 그게 마음대로 되는 게 아니잖아요?"라고 반박할 사람이 많을 것 같다. 그렇다. 그건 내 마음대로 정할 수 있는 게 아니다. 평일 대부분의 시간을 회사에 쏟아부으면서도 마음대로 결정할 수 있는 게 거의 없다는 것이 직장인의 비애 아니던가. 월급을 위해 시간과 자유를 반납하는 것이 우리 모습 아니던가. 그나마 다행인 건 그즈음 회사에서 야근을 많이 하지 않는 분위기가 형성됐다는 것이다. 그해 회사는 사정이 어렵다며 연봉 동결을 선포를 했다. 연봉이 동결되자 회사 직원들은 이 난관을 함께 힘을 합쳐 극복하자며 야근을 불사하며 근로의욕을 불태우지는…… 않았고, 오르지 않은 연봉만큼 각자의 에너지를 아끼자는 쪽으로 암묵적인 흐름이 만들어졌다. 다들 일찍 퇴근하기 시작했고, 나도 그 시류에 편승했다.

그와 동시에 주말에는 일을 하지도, 일에 대해 생각하지도 않는다는 원칙을 세웠다. 이직한 뒤 2~3년 정도는 새로운 업무에 적응하고, 역량을 개발해야 한다는 생각에 스스로를 옥죄는 생활을 했다. 주말이면 업무와 관련된 책을 읽고, 경험이 자산이라며 다른 회사의 프로모션을 찾아다녔다. 문화적 소양이 있어야 좋은 아이디어도 나올 것 같아 이런저런 전시도 보러 다녔다. 새로운 결심은 이런 빽빽한 일상에 여백을 만들었고, 약속 없는 평일과 주말, 내가 해야 할 일의 1순위는 기타 연습이 되었다. 비어 있는 시간에 기타가 살포시 내려앉았다.

빼기가 첫 번째라면 견딤의 두 번째 키워드는 '그냥 하기'다. 꾀부리지도, 핑계 대지도 않고, 초조해하지도 않으며 그저 생각 없이 하는 것이다. 인터넷에 돌아다니는 유명한 짤 중에 김연아 선수의 스트레칭 짤이 있다. 몸을 풀고 있는 그녀에게 누군가 이런 질문을 한다. "스트레칭 하면서 무슨 생각 하세요?" 그녀가 대답한다. "생각은 무슨 생각을 해요. 그냥 하는 거죠!" 하고픈 취미가 생겼다면 그냥 하면 된다. 처음이라 어설프고 잘 되지 않아 짜증도 나겠지만 그냥 참고 하는 거다. 손가락 아프다고 몇 주 쉬는 일 없이, 탁한 소리에 신경질이 나더라도 기타를 내동댕이치는 일 없이 계속해보는 것이다.

《걷는 사람, 하정우》라는 책에도 비슷한 생각을 하게 만드는 에피소드가 나온다. 걷기를 좋아하는 하정우 배우는 친구 몇 명과 하와이에서 10만 보(길이로 환산하면 84킬로 정도 된다고 한다. 마라톤 풀코스를 두 번 뛰는 거리다) 걷기에 도전한다. 다가온 결전의 날, 5만 보를 걷자 몸도 지치고 마음도 지친 그는 이런 생각을 하기 시작한다. '아니 대체 하와이까지 와서 내가 왜 이 짓을 하고 있는 거지? 무엇을 위해 내가 이렇게 가고 있는 거지? 10만 보를 걸어서 뭐 하자고?' 자신이 세운 계획과 목표에 갑자기 의미 운운하며 생각이 많아진 것이다. 그리고 그때를 회상하며 글을 이어나간다. "왜 걷고 있는 도중에 갑자기 그 '의미'란 걸 찾으면서 포기하려고 했을까? 어쩌면 고통의 한복판에 서 있던 그때, 우리가 어렴풋하게 찾아 헤맨 건 '이 길의 의미'가 아니라 그냥 '포기해도 되는 이유'가 아니었을까?"

그의 말처럼 행동의 중간 지점에서 생각이 많아진다면 그건 그만둘 핑계를 찾는 것일 가능성이 높다. 그러니 뭔가를 하겠다고 마음먹었다면, 생각을 멈추려는 노력이 필요하다. '내가 할 수 있을까? 잘 될까? 이게 맞는 방법일까? 제대로 하고 있는 걸까?' 같은 의심과 핑계와 부정의 생각을 흘려보낼 수 있어야 한다.

느긋하게 여행하듯이

사회생활을 시작할 때 만났던, 나이가 지긋했던 선배 한 명은 8년마다 새로운 악기를 배운다고 했다. 8년 정도는 해야 어느 정도 수준에 오를 수 있기도 하고, 그 이상 하면 매너리즘에 빠지는 것 같아 8년을 기준으로 잡고 악기를 시작한다고 했다. 그 말을 기억해서일까? 나도 기타를 다시 잡으며 8년은 해보겠다고 생각했었다. 아니, 평생의 취미로 만들겠다는 야심 찬 마음도 있었다. 길게 보고 시작한 덕분인지 늘지 않는 실력에 짜증을 내면서도 그만두겠다는 생각은 하지 않았다. 어려운 부분이 나오면 연습곡을 다른 걸로 바꾸거나 쉽게 연주하는 방식으로 회피한 적은 많았어도 기타를 내려놓진 않았다.

수영은 넉 달 정도 했던 것 같다. 복싱은 두 달 정도. 다도에 취미를 가져볼까 했지만 네 번의 수업 중에 세 번 나간 것이 전부다. 홈브루잉에도 관심이 있어 원데이 클래스에 참여해봤는데, 발효가 끝난 술을 마셔보고는 역시 맥주는 사 먹는 게 최고라고 결론 내렸다. 이러한 시도가 단명한 것은 우선 발만 담가볼까, 맛만 좀 봐볼까 하는 마음으로 시작했기 때문일지도 모르겠다. 하지만 시작하는 데 오랜 시간이 걸렸던 기타를 잡는 마음가짐은 가볍지 않았다. 긴 여행을 떠나는 사람의 마음으로 조금 비장하게 출발했고, 그런 생각이었기 때문에 여행지의 초입에서 너무 무리하지도, 초조해하지도 않을 수 있었다. 환갑잔치에서 기타 치고 노래하는 미래의 내 모습을 막연히 상상하며 느긋하게 걸어나갈 수 있었었다. 그 덕분에 여기까지 올 수 있었고, 지금까지 걸어온 거리보다 몇 배는 더 앞으로 나갈 수 있을 것 같다.

오랫동안 제 핸드폰 잠금화면에 적혀 있던 문구도 'JUST DO IT'이었습니다.

낭만 실현

: 작곡이란 걸 해봤습니다

기타를 몇 년 친 사람들의 이후 행보는 몇 가지 타입으로 나뉜다. 첫 번째는 안주형으로, 이들은 이만하면 됐다는 마음으로 실력 향상보다는 유지 쪽에 초점을 맞춘다. 새로운 곡을 커버하거나 새로운 리듬, 기술을 익히려 애쓰기보다 그간 연습해온 곡 위주로 연주하며 여유로운 취미생활을 만끽한다. 두 번째는 기교형으로 화려함의 끝을 목표로 하는 사람들이다. 탁월한 성실함과 높은 자기 기준으로 끊임없이 연습에 매진하며 향상을 추구하는, 조금은 피곤한 타입이다. 다음은 합주형으로 여러 사람과 뭔가를 함께 도모하기 좋아하는 외향적인 사람들이다. 이 부류의 사람들은 노래를 잘하거나 건반, 드럼을 칠 수 있는 지인들과 의기투합해 밴드를 만들고, 커뮤니티를 구성해 그들만의 작은 세상을 만든다. 마지막은 확장형으로 여기에 속한 사람들은 건반이나 드럼, 베이스 같은 새로운 악기를 배우거나 보컬 트레이닝을 받으면서 자신의 음악 세계를 횡적으로 팽창시켜나간다.

나는 안주형에 가깝되, 슬그머니 확장형에도 발을 걸친 어정쩡한 타입이라 할 수 있는데, 그래도 나름 마음속에 분명한 목표 하나는 품고 있었다. 바로 곡을 써보는 것. 어릴 적부터 실리보다는 멋, 명예, 자존심 따위가 더 중요했던 사람으로서 창작자가 풍기는 고결한 분위기는 오랫동안 동경의 대상이었다. 나는 직접 쓴 곡을 선물하는 낭만적인 사람이 되고 싶었고, 그런 이유로 올해부터 이런저런 멜로디를 흥얼거려보고 있다.

노래를 구성하는 기본 요소는 화성(코드의 연결), 리듬, 멜로디, 가사다. 어떤 걸 먼저 만드는지는 사람마다 경우마다 다르겠지만, 나처럼 근본 없이 시작한 초보에게는 코드 진행과 리듬을 짜고, 멜로디를 만들고, 거기에 가사를 붙이는 방법이 가장 쉽다고들 한다. 나는 일단 해보자는 마음으로 대중가요에서 흔히 쓰는 코드 진행을 가져와 그 위에 아무 멜로디나 붙여보기 시작했다. 마침 그때 기타 동호회 발표곡으로 연습하던 노래가 윤종신의 〈오래전 그날〉이었고, 나는 그 곡의 초반 여덟 마디 코드를 가져와 퍼커시브 주법에 흔히 사용되는 리듬으로 연주하며 떠오르는 멜로디를 입혀봤다.

가사를 써두진 않았지만, 여자친구에게 들려줄 노래를 써야겠다는 생각은 확고했다(왠지 첫 번째 작곡의 주제를 다른 거로 해버리면 그녀에게 혼날 것 같았다). 그리고 그동안 쌓아온 많은 사연 가운데 우리가 싸우고 화해했던 순간의 이야기를 풀어내면 좋겠다 싶었다. 그날 무슨 일로 다퉜는지 정확하게 기억나진 않지만, 어쨌거나 나는 제법 화가 나 있었고 뭔가 날 선 말을 하겠다고 마음먹은 상태였다. 하지만 여자친구의 얼굴을 보는 순간 이유를 알 수 없는 웃음이 나도 모르게 터져 나와 딱딱했던 마음이 스르르 녹아버렸다. 그때의 상황을 머릿속에 그리며 노래를 흥얼거렸고, 제법 괜찮게 들리는 멜로디가 있어 재빨리 핸드폰의 녹음 버튼을 눌렀다.

"오늘 널 만났어. 넌 예쁘고 예뻤지. 너는 참 예뻐. 나 나나나나 나나나."

그 주 주말, 녹음 파일을 들어보며 가사를 다듬었고, 다음에 이어질 코드 진행도 짰다. 모든 가요가 그런 건 아니지만, 보통 노래는 여덟 마디로 구성된 벌스 파트가 두 번쯤 반복됐다가 프리 코러스pechorus 파트로 변화를 준 뒤 후렴chorus으로 넘어가는 식이다. 나는 공식처럼 흔한 구성을 따랐고, 프리 코러스와 후렴의 코드 진행 또한 기타를 치며 많이 접했던 것으로 정했다.

그렇게 정한 코드를 기타로 치며 떠오르는 대로 노래를 불러봤는데, 앞 멜로디가 잘 잡힌 덕분인지 다음 멜로디도 자연스럽게 이어졌다. '36년 동안 찾지 못했던 재능을 이제야 발견한 것인가!' 하는 착각이 들 만큼, 놀랍고 신기한 경험이었다. 가끔 TV에 뮤지션이 나와 "이 곡은 5분 만에 쓴 곡이에요"라고 말하면 속으로 '뻥치시네!' 하며 의심하곤 했는데, 이젠 그들의 말에 담긴 뜻과 상황을 조금은 이해할 수 있을 것 같다. 그렇게 떠오른 노랫말을 몇 차례 불러보며 고치고 덧붙이고 다듬었더니 어느새 노래의 1절이 완성돼 있었다.

> 오늘 넌 예뻤어 갈색 코트 검은 목폴라 진한 청바지
> 오늘 넌 예뻤어 검은 머리 하얀 얼굴 조그만 눈 코 입
> 너와 싸우던 날 나는 화가 많이 났었고
> 장난 아니라고 말하려 했었는데
> 보고 있으면 기분이 좋아지는 널 보고
> 나는 웃음이 터져버렸어
> 진지한 표정으로 나를 더 아껴달라 할랬는데
> 보고 있으면 기분이 좋아지는 그대여
> 내 곁에 오래오래 지금처럼 있어줘

그렇게 만든 곡을 여자친구의 생일에 들려줬고, 그녀는 내게 달려와 와락 안기며 감동의 눈물을 흘리진 않았지만 밝은 웃음을 보여줬다. 사실 그간 너무 빈번하게 기타 연주와 노래를 들려준 탓에 그녀는 질릴 대로 질려 이젠 나의 음악을 귓등으로 듣는 수준에 이르렀는데, 이번만큼은 깨끗하게 녹음해서 보내달라고 부탁할 정도로 만족스러워했다. 그리고 그 기쁨이 반사되어 내 마음도

덩달아 밝아졌다.

요즘은 아버지에 관한 곡을 쓰고 있다. 아버지는 몇 해 전 공무원으로 퇴직하셨다가 지금은 국회의원 사무실에서 일하고 계시는데, 그곳에서의 일도 조만간 정리할 계획인 것 같다. 20대 초반에 일을 시작해 40년이라는 긴 시간 동안 밥벌이의 고단함을 이겨낸 아버지에게 그간 고생 많으셨다고, 애 많이 쓰셨다고, 사회생활을 해보니 그 대단함을 알겠다고 말씀드리고 싶어 첫 번째 노래를 썼을 때처럼 무작정 멜로디를 흥얼거려보고 있는 중이다.

어디선가 작가가 되는 건 아주 쉬운 일이라는 글을 읽은 적이 있다. 작가란 대단한 것이 아니고, 블로그든 브런치든 계정을 만들어 꾸준히 글을 쓰기만 하면 누구나 작가가 될 수 있다는 내용이었다. 그런데도 사람들은 꿈을 꾸기만 할 뿐 행동하지 않는다는 일침이 자객처럼 숨어 있다 툭 튀어나왔던 거로 기억한다. 도전의 길 곳곳에 도사리고 있는 좌절과 번거로움을 감내하기보다 '꿈은 꿈으로 있을 때 아름다운 것'이라며 현실에 안주하던 나로서는 그 문장을 읽으며 뼈를 정통으로 맞아 깁스를 해야 할 것만 같은 기분이었는데, 어쨌거나 그즈음부터 내 기질이 몽상가에서 행동가 쪽으로 조금은 발걸음을 틀었다. 그래서 이렇게 글도 쓰고, 곡도 쓰며 꿈꾸던 것들을 현실로 만들어가고 있다.

아버지를 생각하며 쓴 자작곡은 동호회 발표회 때 불러봤는데, 제법 들어줄 만하다는 호평을 받았습니다.

기타의 매력

: 내 인생의 BGM은 내가

회사생활을 하다 보면 좌절감, 불안감, 허무함 같은 어두운 감정이 정기적으로 배송된다. 나는 왜 이렇게 안 풀리지? 내 인생 이대로 괜찮은가? 이렇게 청춘은 흐지부지 끝나버리는 걸까? 보통 이런 감정은 여행지에서 돌아오는 짐을 싸듯 마음속 캐리어에 욱여넣고 지퍼를 잠가버리면 그만이지만, 가끔은 부피가 너무 커 도저히 담을 수 없는 날도 있다. 1년에 한두 번씩 찾아오는 이런 속수무책의 날이면 나는 몸이 안 좋다는 거짓말과 반차 제도를 활용해 조금 일찍 사무실을 나선다. 그러고는 어쩐지 조금 신이 난 발걸음으로 영화관으로 향한다. 세상과 단절

된 어두운 공간에서 낯선 이야기의 세계에 빠져들었다 나오면 그사이 부풀었던 감정은 사그라들어 품고 다닐 수 있는 조그만 사이즈가 된다.

재작년부터는 그런 날에 동호회 방을 찾곤 했다. 아무도 없는 공간에 도착해 집에서는 마음껏 하지 못했던 스트로크 주법으로 있는 힘껏 기타를 연주해본다. 노래도 〈하늘을 달리다〉나 〈말하는 대로〉, 〈흔들리는 꽃들 속에서 네 샴푸향이 느껴진 거야〉 같은 경쾌한 곡으로 골라서. 그러다 보면 때리는 행위가 품고 있는 시원함과 신나는 노래 특유의 경쾌함 덕분에 어두웠던 마음이 원래의 밝기를 금세 되찾는다.

스트로크 주법으로 연주하는 건 어쩌면 낡은 오락실 모서리에 자리 잡고 있는 두더지 게임을 하는 것과 비슷할지도 모르겠다. 까꿍 튀어나오는 두더지를 재빨리 방망이로 내려치는 것처럼 피크라는 도구로 기타 줄을 내려치고 올려치고, 딱 맞는 타이밍에 두더지를 때리는 것처럼 제대로 된 박자에 제대로 코드를 짚고 기타 줄을 때리는 건 통쾌하고 신나는 일이니까.

이런 통쾌함에는 기타도 기타지만, 노래의 도움도 크다. 기타 반주에 맞춰 고래고래 노래를 부르다 보면 미처 소화되지 못한 감정의 파편이 밖으로 튀어나온다. 이런 식으로 연주를 하며 노래를 부를 수 있다는 것이 기타의 또 다른 장점이다. 생각해보면 노래와 연주를 함께 할 수 있는 악기는 많지 않다. 하모니카, 리코더, 색소폰처럼 입으로 불어야 하는 악기를 연주하면서는 당연히 노래를 할 수 없고, 첼로나 바이올린 같은 악기는 움직임의 폭이 크다 보니 노래 부르기가 녹록치 않고 악기의 역할 역시 목소리와 겹친다. 쉽게 접할 수 있는 악기 중에 노래를 함께 할 수 있는 건 건반과 기타 정도다.

기타는 건반보다 휴대성 측면에서 탁월한 강점이 있다. 건반을 메고 거리를 활보하는 사람을 본 적 있는가? 캠핑장에 건반을 들고 온 사람을 만난 적이 있는가? 기타는 다르다. 기타는 어디든 가지고 다닐 수 있다.

아웃도어뿐만 아니라 인도어에서도 기타의 휴대성은 빛을 발한다. 건반이야 정해진 위치에 두고 220V 콘센트에 연결해 사용해야 하지만, 기타는 소파에 기대서도 칠 수 있고 베란다에 쪼그려 앉아서도 칠 수 있으며 침대에 누워서도 칠 수 있다. 이런 휴대성 덕분에 TV를 보면서 기타 연습을 할 수 있다는 것도 장점인데, 이런 식으로 연습하면 실력이 늘지 않는다. 내가 그랬던 것처럼…….

믿는 구석이 생겼습니다

살면서 노래 때문에 크게 부끄러웠던 적이 세 번쯤 된다. 처음은 중학생 때인데, 복도에서 뛰다 담임선생님한테 혼이 났고, 자리로 들어가던 내게 선생님은 잠깐 멈춰 보라더니 "노래나 한 곡 하고 들어가"라고 말했다. 나는 쭈뼛대다 겨우 노래를 시작했는데 긴장한 탓에 목소리는 파르르 떨렸고 클라이맥스에서는 삑사리도 났다. 박장대소를 터뜨리는 친구들 앞에서 나는 볼 빨간 사춘기 소년이 돼버렸고, 마음속에 남들 앞에서 노래를 부르는 건 부끄러운 일이라는 모종의 등식이 생겨버렸다.

그다음은 고등학교 음악 시간에 〈오 솔레 미오〉로 가창평가를 하던 때였다. 당시 반주를 담당했던 여학생은 내게 "내가 눈빛을 보내면 그때 후렴 부분을 시작하면 돼"라고 말했지만, 긴장한 내게 시선을 옆으로 돌려 반주자를 쳐다볼 여유 따윈 없었다. 나는 제멋대로 시작해 황급히 노래를 끝내버렸고, 그제야 고개를 돌려 옆을 바라보니 반주자는 조용히 한숨을 쉬고 있었다.

세 번째는 사회생활을 막 시작했을 무렵인데, 당시 나는 신입사원 OJT의 일환으로 상암 지점에 현장 학습을 나가 있었다. 지점에 근무하던 선배들은 술 마실 이유가 생겨 신이 난 듯 "오랜만에 신입 왔는데 회식이나 할까?" 하며 나를 근처 고깃집으로 데려갔다. 술이 돌자 분위기는 수직 상승했고, 짓궂은 선배 하나는 노래 한 곡 불러보라며 다짜고짜 하나, 둘, 셋, 넷을 외치기 시작했다. 나는 술기운에 에라 모르겠다는 마음으로 노래 한 곡을 불렀고, 조직생활의 치사함과 고단함을 절실히 느꼈다. (늦었지만 그때 고기를 드시던 분들께 죄송한 마음을 전합니다.)

그 후로 노래란 친한 사람들과 술에 만취했을 때만 부르는 것이었는데, 기타를 치고 동호회에 다니며 노래를 자주 부르게 됐다. 사람들 앞에서 매달 발표회를 하며 마음속으로 한 가지 궁금증이 일었는데, 그건 '남들 앞에서 노래를 부르려면 너무너무 쑥스럽고 긴장되는데, 기타 치면서 노래하면 왜 노래만 부를 때보다 덜 쑥스럽고 덜 긴장될까?'였다.

나름 분석해 찾은 답은 '바쁘기 때문'이었다. 노래만 부를 때는 하는 일이 하나지만, 기타 치며 노래하는 건 왼손으로는 코드를 짚고 오른손으로는 리듬을 넣고, 목으로는 노래를 부르고, 머리로는 이 모든 걸 생각하고 통제해야 하는, 무척 정신없고 바쁜 행위다. 한꺼번에 서너 개의 일을 해야 하는 뇌가 긴장을 담당하는 영역에 신호를 보낼 여력이 없어진 탓에 덜 떠는 건 아닐까? 그러다 '허클베리핀'의 기타리스트 이기용이 쓴《아무튼 기타》를 읽으며 조금 더 그럴싸한 답을 찾을 수 있었다.

그날 내가 깨달은 것은 기타를 치기 위해서는 기타를 몸으로 안아야 한다는 것이었다. 두께가 10센티미터에 헤드부터 바디 끝까지의 길이가 1미터가 넘는 기타를 치기 위해서는 기타의 바디 부분을 가슴에 밀착시키고 양팔을 벌려 기타를 안아야 했다. 병원과 학교를 오가며 힘들어하던 내게 기타를 안았을 때 물리적으로 느꼈던 안도감과 포근함은 분명히 위로가 됐다.*

그의 말처럼, 기타를 품고 있으면 뭐랄까 믿는 구석이 생겨 조금 든든해지는 느낌이다. 낯선 사람들로 가득 찬 모임에 친한 친구와 함께 가는 기분이랄까. 군대에 동반 입대를 하는 느낌이랄까. 노래만 하는 것보다 기타 치며 노래하는 일이 덜 떨렸던 건 바쁜 탓도 있었지만, 연인처럼 바짝 붙어 있는 기타와의 스킨십 덕분이기도 했다.

스트레스가 풀린다, 휴대성이 좋다, 정서적 안정감을 준다 같은 이야기를 장황하게 늘어놨지만, 뭐니 뭐니 해도 기타의 가장 큰 매력은 소리다. 기타 선율이 아름답기로 유명한 에릭 클랩튼의 〈Tears in Heaven〉이나 이적이 리메이크한 〈걱정 말아요 그대〉 같은 곡을 들어본 적 있는지. 노래 시작부터 부드럽고 우아하게 울리는 기타 소

* 이기용, 《아무튼 기타》 p.19, 위고, 2019.

리를 듣고 있으면 뭐랄까, 마음이 몽글몽글해지는 느낌이다. 그저 듣기만 해도 좋은 선율이 내 손끝에서 연주될 때 그 감동은 몇 배 더 커진다. 음악이 가진 본연의 힘에 성취감이니 만족감이니 하는 것들이 덧대어져 커다란 희열로 다가온다. 그리고 그 아름다운 소리를 내 기분과 상황에 맞춰 고르고 연주할 때, 그건 인생의 BGM이 되어 그 시간을 더 아름답게 만들어준다.

무대에 올라 연주하고 노래할 실력은 아니지만, 제 결혼식에서만큼은 기타를 치며 직접 축가를 부르고 싶습니다.

| 에필로그 |

언젠가는

나에겐 꿈이 없었다. 공무원 집 아들이라는 자극 없이 안정적인 환경 탓이 아닐까 조심스레 추측해본다. 나는 안전하게 자랐고, 해야 할 것들을 곧잘 해냈다. 그래서 별 고민거리가 없었다. 그저 만화책을 보고, 친구들과 공을 차고, (성인이 되어) 술이나 마시고 싶었을 뿐, 무언가를 이루겠다거나 어떤 모습의 어른이 돼야겠다는 생각이 없었다. 고등학생 때는 장래 희망을 적는 칸에 좋은 남편이라고 적었고, 담임선생님은 어처구니없다는 표정으로 나를 바라봤다.

그런 내가 꿈에 대해 생각하기 시작한 건 취업 준비를

하면서부터였다. 취직을 하기 위해서는 하고 싶은 뭔가가 있어야 했다. 그래야만 최소한 어떤 업종, 어떤 직종에 지원할지 범위를 좁힐 수 있었다. 특히 자기소개서 항목에는 이 직무를 지원하게 된 배경이 늘 포함돼 있었고, 경험 없는 대학생에게 무얼 바라는 건지 알 수는 없지만 3년 후, 5년 후, 10년 후 이루고 싶은 것을 묻기도 했기에 나는 억지로라도 어떤 꿈을 구체적으로 꿔야 했다. 그리고 그것을 이 회사, 저 회사에 지원하며 복사하기-붙여넣기 하는 동안 그 꿈은 오래전부터 꿈꿔오던, 타고난 소명 같은 것이 돼버렸다. 나는 마케터가 되고 싶었고, 세상에 내가 기획한 제품을 내놓고 싶었고, 그걸 주위 사람들이 사용하며 좋아하는 모습을 보고 싶었다.

독학으로 기타 연습을 시작할 때 어떤 구체적인 목표가 있던 건 아니다. 적게 일하고 많이 벌고 싶다는 심보처럼 조금만 연습해도 실력이 부쩍 늘기를 바라는 마음만 있었을 뿐. 기타 줄을 조금씩 튕기다 보니 어떤 곡을 마스터하고 싶다는 목표가 생겼고, 한 곡을 어느 정도 칠 줄 알게 되면 또 다른 곡이 연주하고 싶어졌다. 개중에는 오래된 곡이라서, 유명하지 않은 가수의 유명하지 않은 노래라서 인터넷에 기타 강좌가 없을 때도 있었고, 그럴 때는 악보를 사서 나름의 연주법을 짜보기도 했다. 보통 그런 시도가 잘 풀리진 않았지만 그 과정은 재밌었고 가끔 나오는 괜찮은 결과물에 성취감을 느끼기도 했다.

그렇게 1년, 2년이 지나면서 하고 싶은 것이 자꾸 생겼고, 꿈은 커졌다. 마흔에는 버스커가 되어야지. 중년의 버스커. 날씨 좋은 날, 일산 호수공원에서 공연을 할 테야. 일산 호수공원이 상상 속 장소가 된 건 그곳에서 이상적인 그림 하나를 봤기 때문이다. 우연히 호수공원을 거닐다 보게 된 한 남자의 거리 공연은 수준급이었고, 공연이 끝난 뒤 가족들이 다 함께 웃고 떠들며 정리하는 모습은 아름다웠다. 가정생활과 취미생활이 잘 조화된 모습을 보며 내 인생의 중간중간에도 이런 그림이 걸려 있으면 좋겠다 싶었다.

100세 인생의 절반쯤 되는 쉰 살에는 앨범을 내고 싶다. 한 곡이 됐든 두 곡이 됐든 몇 곡 더 있든, 스스로 만든 곡을 녹음해 발표하고 싶다. 멜론에 검색했을 때 이름이 나오는 사람, 한국음악저작권협회에 등록이 돼 있는 사람이 되고 싶다. 10원 한 장 입금되지 않아도 괜찮다. 때론 점수와 관계없이, 누구보다 잘하는 것과 상관없이, 했다는 것만으로 의미 있는 일도 있는 거니까.

회사생활의 원대한 꿈은 점점 그 빛을 잃어갔다. 새로운 브랜드를 론칭해봐야지, 회사생활을 하며 얻은 경험과 깨달음을 책으로 내봐야지 같은 야심 찬 계획들은 다이어트를 한 다음 입겠다며 산 작은 사이즈의 옷처럼 구석에서 먼지만 쌓여갔다. 그사이 나의 재능과 역량이 그리 뛰어나지 않음을, 내가 특별한 존재가 아니라 아주 보통의 존재임을 깨달았고, 회사라는 공동 작업장에서 까칠한 상사들을 설득하고 여러 사람의 협업을 끌어내려면 내가 가진 것 이상의 에너지가 필요하다는 걸 알게 됐다. 그리고 그 과정과 결과에 노력 이상으로 운, 관계, 타이밍 같은 내가 어쩔 수 없는 것들이 매우 큰 영향을 끼친다는 것도 배웠다.

기획한 뭔가가 보고 과정에서 없던 것이 되고, 상사의 몇 마디에 원치 않는 모습으로 변하고, 어렵사리 진행한 뭔가가 신통치 않은 반응을 얻는 것을 보며 나는 무기력을 배웠다. 그리고 학습의 결과물은 지우개가 되어 꿈의 목록을 하나씩 지워나갔다.

취미의 세계는 반대였다. 꿈은 작게 시작해 점점 커졌다. 인터넷에 나온 연주법을 얼른 익혀 한 곡을 그럴듯하게 치고 싶다던 목표가 어설플지언정 남다른 방식으로 편곡해 연주하고 싶다는 열망으로 이어졌고, 먼 미래에는 공연을 하고 곡을 만들겠다는 꿈으로 연결됐다. 꿈이 이렇게 덩치를 키워나갈 수 있었던 건 취미생활이 아주 사적인 작업이기 때문이었다. 그 안에는 운이나 인맥, 말재주나 시장 상황 같은 외부 요인이 끼어들 틈이 없었고, 모든 건 나의 노력에 달려 있었다.

언젠가 직장 선배 한 분과 꿈에 관해 이야기를 나눈 적이 있다. 그분은 그림책 한 권을 내는 것이 평생의 꿈이라고 했다. 나도 나의 이야기를 전하며 이런 이야기를 덧붙였다.

“그 꿈들이 꼭 빨리 이뤄질 필요는 없는 것 같아요. 긴 꿈으로 남아 있다가 천천히 이뤄지면 좋겠어요.”

꿈이란 희망이고, 희망은 일상에 윤기를 더한다. 먼

미래에 몇 가지 구체적인 꿈이 자리를 잡고 있으니 인생이 잘 흘러가고 있다는 생각이 들기도 한다.

꿈이 있는 인생은 늙지 않는다는 말이 있지만, 기타를 친 지난 3년 동안 역변한 내 얼굴을 보며 이 말은 그저 낭만적인 수사일 뿐이라고 확신한다. 대신 꿈이 있는 인생은 덜 불행한 것 같다. 즐거움이 있고, 하고 싶은 것이 있고, 나아지고 있다는 실감이 있는 인생은 분명 슬픔과 불행을 뭔가로 잠시 잊었다가 다시 마주하길 반복하는 인생과는 다를 것이다.

앞으로 펼쳐질 기타 취미생활의 길에는 먼 미래의 이정표가 드문드문 표시돼 있고, 긴 여정에서 나는 이제 막 초입을 지났다. 이제껏 해온 대로 너무 빠르지도, 또 너무 느리지도 않게 걸어가보려고 한다. 산을 오르다 보면 두 발로 차근차근 걸어간 높이만큼 새로운 풍경이 보상으로 돌아오듯 기타에 쏟은 시간과 노력은 그만큼의 추억과 관계와 즐거움을 선물로 돌려줬다. 앞으로의 여정이 머금고 있을 또 다른 볼거리와 즐거움을 기대하면서 주저앉지 말고 계속 나아가보려 한다.

 editor's letter

어렸을 때 배웠던 피아노를 농땡이 치지 않고
꾸준히 했었더라면 얼마나 좋았을까 가끔 후회하곤 해요.
대학 시절 과방에서 기타 치던 선배가 아니라 기타를 마음에 품었더라면
지금 하루하루가 훨씬 더 재미있지 않았을까 부질없는 생각도 하고요.
순식간에 일상과 마음의 풍경을 바꿔줄 취미가 악기 말고 또 있을까 싶거든요.

난생처음 기타 상식

송정훈 지음

티라미수
THE BOOK

일러두기

- 이 소책자는《난생처음 기타》의 특별 부록으로 제작됐습니다.

이 작은 책에는 기타를 독학하고 동호회에 다니며 무척 느린 속도로 배우고 이해한 내용을 담았습니다. 주입식 교육에 익숙한 사람으로서 유튜브 세계의 선생님들이 좌회전하라면 좌회전을 하고, 유턴하라면 군말 없이 유턴을 해왔는데, 그렇게 더듬더듬 따라가다 보니 그간 왜 좌회전을 하고 왜 유턴을 했는지 조금은 알게 됐습니다. 이제 기타를 시작하는 분들에게 몇 가지 정보를 나눠드리고 싶어 짧게나마 정리를 해봤습니다. 당장 몰라도 되는 내용이니 가볍게 읽고 넘어가시고요, 한 번쯤 해보고 싶던 기타, 이번에는 꼭 시작해보시길 바랍니다.

차례

난생처음 기타 상식 1

통기타는 이렇게 생겼어요

곤충이 머리, 가슴, 배로 나뉜다면 기타는 머리(헤드), 목(넥), 몸(바디)으로 구분됩니다. 목이 긴 편이니 동물에 비유하면 기린이랑 비슷하다고 할 수도 있겠네요. 마침 기타를 시작하는 사람들을 기린이(기타+어린이)라고 부르기도 합니다. 허허……, 죄송합니다.

기타의 헤드 부분에는 제조사의 로고와 줄감개가 있습니다. 옷에 달린 마크 하나, 가방에 달린 로고 하나가 사람을 달라 보이게 만들죠? 기타도 똑같습니다. 하지만 돈이 넘쳐나서 어디에 쓸지 모르겠다 하는 분이 아니라면 첫 기타는 20만 원 전후의 저렴한 제품을 추천합니다. 왜냐하면 기타는 보통 몇 번 해보고는 나랑 안 맞네 어쩌네 하며 포기하는 경우가 흔하기 때문입니다. 비싼 인테리어 소품이 필요한 게 아니라면 저렴한 걸 사서 기타와의 인연이 오래 이어질 수 있을지 확인한 다음 그때 가서 고가의 제품을 사도 늦지 않습니다. 이야기가 좀 샜습니다만, 기타 헤드 부분에는 로고와 함께 줄감개가 있는데, 이름 그대로 줄을 풀고 감는 도구이며 이걸 활용해 튜닝을 합니다.

길게 뻗은 넥 부분은 왼손으로 코드를 잡는 부분입니다. 넥을 보면 잘린 쇠젓가락 같은 게 줄과 직각을 이루며 많이 박혀 있습니다. 이걸 프렛이라고 합니다. 프렛은 음쇠라고도 하는데, 음을 내는 기준이 되기에 그렇습니다. 헤드와 넥 부분이 구분되는 위치에 있는 세로형 막대기를 너트라고 하는데 너트 다음에 있는 쇠막대기를 1프렛이라고 부르며, 기타의 바디 쪽으로 가면서 프렛 앞에 붙은 숫자도 하나씩 늘어납니다. 짚는 프렛의 위치가 하나씩 올라갈수록 내는 음도 반음씩 높아지고요.

기타 줄은 총 여섯 줄입니다. 위에서부터 6번 줄, 5번 줄, 4번 줄, 3번 줄, 2번 줄, 1번 줄이라고 부르며, 밑으로 갈수록 줄의 굵기가 얇아지고 더 높은 음을 냅니다.

바디 부분에는 기타 줄을 고정하는 브리지 핀이 있고, 사운드홀이 있습니다. 기타 줄을 튕기며 생긴 진동은 바디를 이루는 나무의 진동으로 이어지고 풍성하게 소리가 커져 우리에게 기분 좋게 전달됩니다. 물론, 기분 좋은 소리가 될 때까지는 기분이 좋지 않은 기간을 견뎌야 하지만요.

기타 부위 명칭

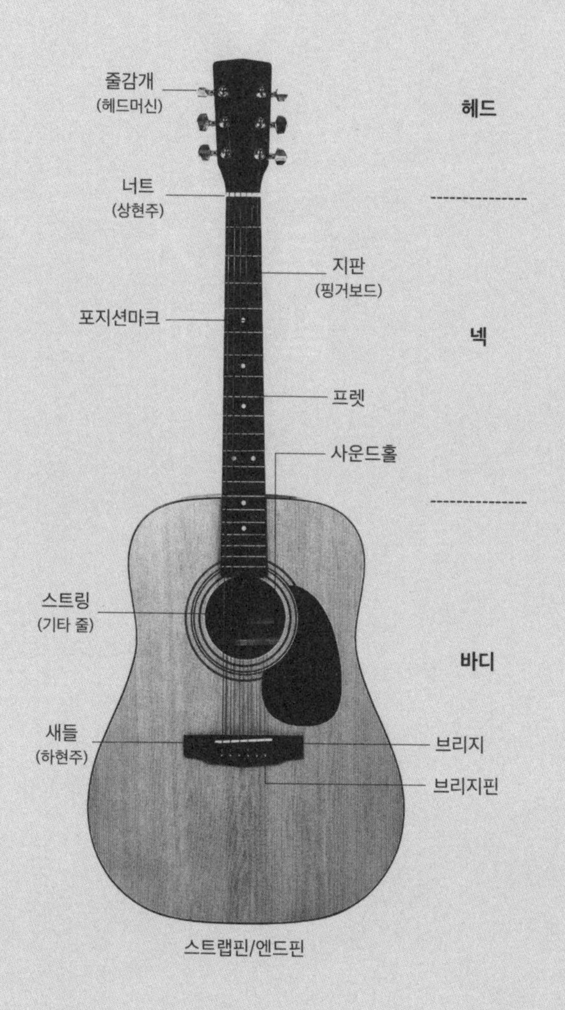
줄감개
(헤드머신)
헤드
너트
(상현주)
지판
(핑거보드)
포지션마크
넥
프렛
사운드홀
스트링
(기타 줄)
바디
새들
(하현주)
브리지
브리지핀
스트랩핀/엔드핀

난생처음 기타 상식 2

우린 '코드'가 잘 맞아

기본적으로 통기타는 왼손으로는 코드를 잡고 오른손으로는 리듬을 넣으며 반주하는 악기입니다. 여기서 코드란 화음을 뜻합니다. 중고등학교 음악 시간에 배웠던 거 기억나죠? 으뜸화음이니 딸림화음이니 버금딸림화음이니 하는 것들. 네, 저도 흐린 기억 속에 어렴풋하게 이름만 남아 있습니다. 검색을 해보니 으뜸화음은 '도, 미, 솔'이라고 하네요. 버금딸림화음은 '파, 라, 도'로 구성된다고 하고요. 코드란 이렇게 어울리는 음을 두 개 이상 모아놓은 것이고, 코드를 잡는다는 건 어울리는 음들만 소리가 날 수 있게 기타 줄을 알맞게 짚는다는 걸 의미합니다.

C코드는 정확히 부르자면 C Major코드인데, 흔히 메이저라는 단어는 생략하고 그냥 C코드라고 부릅니다. 대신 이와 구분되는 개념으로 C minor코드(Cm코드)가 있는데, 마이너 코드에는 꼭 마이너라는 이름을 붙여줍니다. C코드의 경우, 'C' 음을 기반으로 'E' 음과 'G' 음이 더해진 코드로서, 기타로 잡았을 때 약지로 누르는 3프렛 5번 줄이 'C' 음을 내고 중지로 누르는 2프렛 4번 줄이 'E' 음을 내고 아무것도 잡지 않은 3번 줄이 'G' 음을 냅니다. (우측 그림을 참고해주세요.) 검지로 누르는 1프렛 2번 줄은 'C' 음을 담당하고, 아무것도 잡지 않은 1번 줄은 'E' 음을 담당하는데, 1번 줄과 2번 줄에서 나는 소리는 4번 줄과 5번 줄의 음보다 한 옥타브씩 높습니다. (6번 줄로 내줘야 할 음은 없기 때문에 6번 줄에는 엄지를 가볍게 대주어 소리를 죽여줍니다. 이걸 뮤트라고 합니다.)

그림만 보면 당장이라도 따라 할 수 있을 것 같지만, 시작하는 사람에게 그리 만만한 코드는 아닙니다. 기타 줄을 꼭 누르자니 손가락이 아프고, 살짝 힘을 빼자니 소리가 이상합니다. 강좌 영상 속 선생님은 손가락 사이사이가 널찍하게 벌어지는데, 내 뻣뻣한 손가락은 어쩐 일인지 자꾸만 오므라들어 제 위치를 유지하기도 버겁습니다. 그래도 시간이 해결해주는 법이니, 처음엔 잘되지 않더라도 참고 견뎌봅시다.

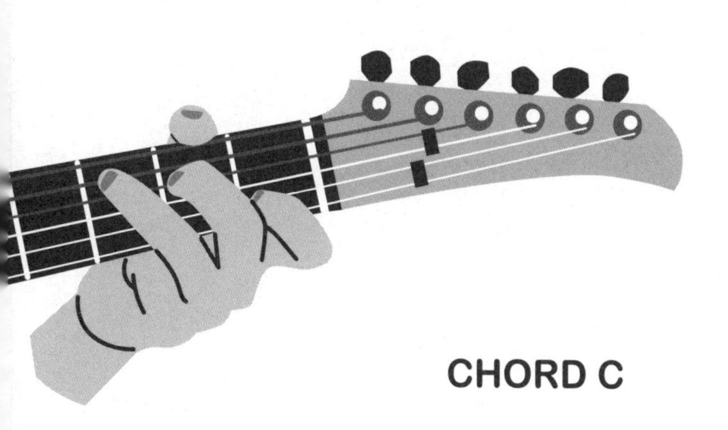

난생처음 기타 상식 3

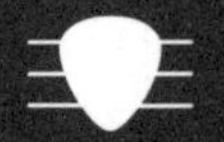

8비트 스트로크 ×2 = 16비트 스트로크

기타를 연주하는 방법에는 크게 두 가지가 있습니다. 하나는 오른손을 위아래로 흔들며 여러 개의 기타 줄을 동시에 치는 스트로크 주법이고, 다른 하나는 오른손을 기타 줄 앞에 위치한 다음 한두 줄씩 튕기는 아르페지오 주법입니다.

스트로크 주법은 엄지와 검지의 손톱을 이용하거나 삼각형 모양의 얇은 플라스틱인 '피크'를 이용해 연주하는데, 어떤 박에는 줄을 치고 어떤 박에는 줄을 치지 않으면서(헛스트로크, 공피킹이라고도 합니다) 리듬을 만듭니다. 이때, 한 마디를 몇 개의 박으로 쪼개느냐에 따라 8비트 스트로크, 16비트 스트로크로 구분할 수 있습니다.

보통 가요는 4/4박자 곡이 많은데, 네 박자로 구성된 한 마디를 여덟 개의 박으로 쪼개 최대 여덟 번 스트로크를 하는 것이 8비트 스트로크입니다. 오른손을 아래로 움직이며 기타 줄을 내려치는 걸 다운 스트로크, 위로 움직이며 기타 줄을 올려치는 걸 업 스트로크라고 하는데, 8비트 스트로크는 내려치고 올려치는 왕복운동을 한 마디에 네 번, 일정한 속도로 반복해야 합니다. 그렇다면 16비트 스트로크는 한 마디를 몇 개의 박으로 나눌까요? 네, 맞습니다. 열여섯 개입니다. 16비트 스트로크는 오른손을 아래-위로 움직이는 왕복 운동을 한 마디에 여덟 번 해야 하며, 같은 템포의 곡이라도 8비트 스트로크로 연주할 때보다 손을 두 배 더 빨리 움직여야 하기에 익숙해지는 데 시간이 많이 필요합니다.

난생처음 기타 상식 4

아르페지오 주법과 근음

스트로크가 여러 줄을 동시에 치는 주법이라면, 아르페지오는 코드를 이루는 음들을 한두 개씩 부드럽게 이어지도록 치는 방법입니다. 흔히 사용되는 패턴을 알아보기 전에 먼저 '근음'이라는 용어를 짚고 넘어갈게요.

흔히 화음을 쌓는다고 표현하잖아요? 그 말처럼 화음에는 기본이 되는 음이 있고, 그 위에 쌓인 음이 있는데, 여기서 기본이 되는 음이 바로 '근음'입니다. 뿌리가 되는 음이라는 뜻이며, 'Root'라고도 하고 '으뜸음'이라고 일컫기도 합니다. 앞서 C코드를 설명할 때, 'C' 음을 기반으로 'E' 음과 'G' 음이 더해졌다고 했으니 근음은 'C'입니다. 아르페지오 주법은 이 근음을 쳐주는 것으로 시작해요.

C코드를 잡을 때 약지로 누르는 5번 줄 3프렛이 근음이기 때문에 5번 줄을 가장 먼저 튕겨줘야 합니다. 5번 줄을 튕기고 그다음에 3번 줄을 치고, 1번 줄과 2번 줄을 함께 튕겼다가 3번 줄을 치는 걸 한 마디에 두 번 반복하는 것이 아르페지오 주법의 흔한 패턴입니다.

이 방법은 다양하게 변주될 수 있습니다. 5번 줄을 튕긴 다음 4번 줄을 치고, 2번 줄과 3번 줄을 함께 튕겼다가 4번 줄을 치는 걸 반복할 수도 있고, 5번-3번-2번-3번-1번-3번-2번-3번 줄 순서로 치는 방법도 있습니다. 이때, 코드에 따라 근음이 위치한 줄이 6번 줄이나 4번 줄로 바뀔 수 있으니 첫 번째로 튕기는 줄의 위치를 세심하게 신경 써줘야 합니다.

난생처음 기타 상식 5

통기타와 클래식 기타의 차이점

솔직히 고백합니다. 기타를 몇 달 치도록 통기타와 클래식 기타가 다르다는 걸 몰랐습니다. 클래식 기타는 쿠바의 상징이 된 올드카처럼 디자인만 다른 기타라고 생각했어요……. 친구 집에 놀러 갔다가 한구석에 고이 놓여 있는 기타가 있길래 만져봤더니 줄의 촉감, 줄의 간격, 헤드 부분의 모양새가 그간 치던 것과 다르더군요. 제가 낙원상가에서 구매한 기타는 통기타고 그건 클래식 기타였습니다.

클래식 기타는 기타의 줄 간 간격, 프렛 간의 거리가 통기타보다 넓습니다. 그렇기 때문에 여러 줄을 동시에 잡고 연주하는 방법보다 한 음씩 뜯으며 멜로디를 연주하는 방법에 더욱 적합

합니다. 또 다른 차이점은 줄의 재질인데, 통기타에 사용되는 줄은 스틸 재질이라서 더 날카롭고 카랑카랑한 소리가 나는 반면 클래식 기타에는 나일론 줄이 사용되기 때문에 보다 부드럽고 포근한 소리가 납니다. (그래서 통기타는 스틸 기타, 클래식 기타는 나일론 기타라고 부르기도 합니다.)

둘 중 흔한 건 통기타입니다만, 노래 반주보다는 연주곡 중심으로 기타 생활을 즐기고 싶다면 클래식 기타를 알아보시길 추천합니다.

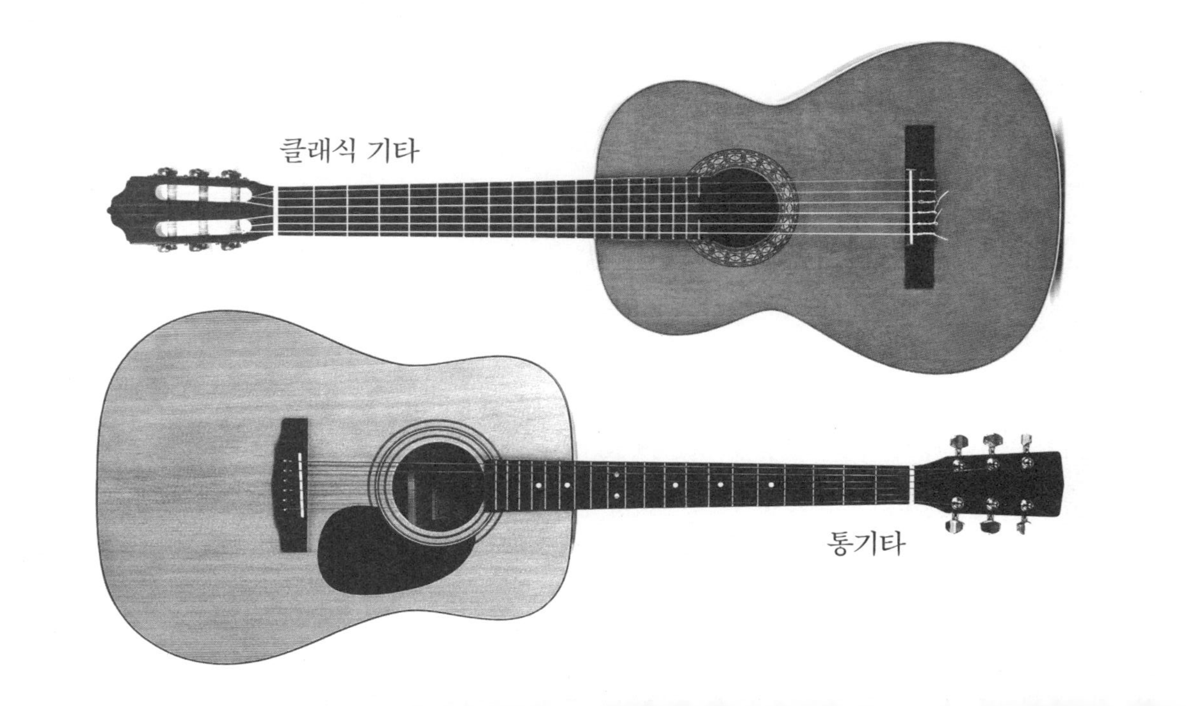
클래식 기타
통기타

난생처음 기타 상식 6

기타를 튜닝해보자

기타는 가만히 놔둬도 튜닝이 틀어지기 때문에 연습, 연주하기 전에 튜닝을 해줘야 합니다. 절대음감을 자랑하며 튜닝기 없이 기타 줄을 척척 조율하는 천재들도 간혹 있지만, 우리는 보통 그런 영재가 아닐 가능성이 농후하므로 튜닝기를 사용합시다. 튜닝기를 꺼내 기타 헤드 부분에 끼운 다음 6번 줄부터 줄감개를 좌우로 돌려 음을 맞춰줍니다. 6번 줄이 내야 하는 음은 E인데, 튜닝기가 표시하는 수치에 맞춰 줄감개를 풀고 조이면 어느 순간 튜닝기는 우리에게 음이 맞았다며 그린 라이트를 보냅니다. 그런 식으로 6번 줄부터 1번 줄까지 튜닝을 해줍니다. 한번 튜닝을 한 다음에는 아랫줄을 튜닝하는 과정에서 5번 줄과 6번 줄의 튜닝이 틀어지는 경우가 생기므로 다시 한번 6번 줄부터 1번 줄까지 튜닝을 점검합니다. 요즘에는 핸드폰 어플 튜너도 있어서 튜닝기가 없다거나 고장 났다면 유용하게 쓸 수 있습니다.

6번 줄부터 1번 줄까지 각각의 줄이 내주어야 할 음은 E, A, D, G, B, E인데, 각 줄이 내야 할 음을 'Eat A Donut Get Breakfast Early'라는 구절을 활용해 기억해도 좋습니다. 각 줄의 음이 왜 E, A, D, G, B, E인지는 여러 아티클을 읽어봤지만 대부분 추정으로 끝나더군요. 분명한 건 이렇게 튜닝했을 때 C코드, E코드, A코드, D코드, G코드 같은 기본 코드를 잡기가 수월하다는 점입니다. 코드 잡기의 용이성 덕분에 이 형태가 스탠더드 튜닝으로 정착되지 않았을까 싶습니다.

난생처음 기타 상식 7

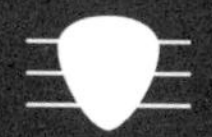

초보를 위한
코드 개론

앞서 코드란 어우러지는 여러 음의 집합이라고 이야기했는데, 이번에는 흔히 쓰이는 코드마다 음의 구성이 어떻게 다른지 간략하게 살펴보겠습니다. 후……, 설명을 잘할 수 있을지 모르겠네요.

우선, 기타와 건반에서 다루는 음은 총 열두 개입니다. 익숙한 건반에 표시하면 오른쪽 그림과 같은 모습이 되고요. 여기서 C코드(CM코드, C Major코드)란 C를 기본으로 하여 그 위에 E와 G를 쌓은 화음입니다. 음악 시간에 배운 으뜸화음 구성음이 도, 미, 솔이었잖아요? 그게 C, E, G로 이름만 바뀌었다고 가볍게 받아들이면 됩니다. Cm코드(C minor코드)는 C코드 중간에 있는 음인 E 대신 반음 낮춘 Eb(D#)이 들어간 코드로 구성음이 C, Eb(D#), G입니다. 아무래도 화음을 이루는 음 중의 하나가 반음 낮아졌으니 메이저 코드보다는 슬픈 느낌을 주겠죠? CM7코드는 CM코드(C코드)에 7도음(정확히는 장7도)인 B를 더해준 코드이며, C7, Cm7은 C코드, Cm코드에 B가 아닌 B보다 반음 낮은 Bb(A#)을 더한 코드입니다. 뒤에 7이라는 숫자가 붙는 코드들은 코드를 구성하는 음이 네 개라고 이해하면 되겠습니다.

《난생처음 기타》에 A7sus4코드처럼 뒤에 'sus4'가 붙는 코드를 언급했으니 짧게 설명을 덧붙여볼게요. Csus4코드를 예로 들어 설명하면, Csus4코드란 C코드를 기준으로 C의 3도음(정확

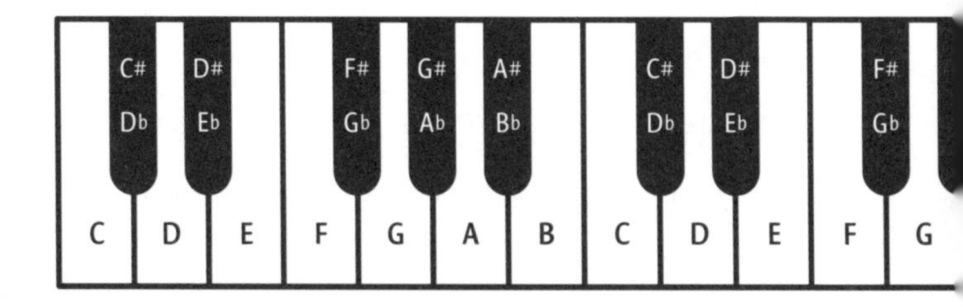

히는 장3도)인 E 대신에 E보다 반음 높은 'F' 음이 들어간 코드입니다. 불협화음이 들어감으로써 긴장감을 연출하는 것이 sus4코드의 특징이며, 기타를 치다 보면 Csus4코드를 쳐서 긴장감을 유발한 다음 C코드로 넘어가 편안하게 정리해주는 진행을 자주 접하게 될 거예요.

기타를 시작하면서부터 코드의 구성음을 알아야 할 필요는 없습니다. 저 역시도 코드의 구성음 따위는 내 알 바 아니다, 하는 마음으로 기타를 연습했고요, 모르는 코드가 나오면 구글 검색을 해서 어떻게 잡아야 하는지만 알아낸 다음 이해 없이 하던 연습을 계속했었습니다. 요즘 들어서야 조금씩 개념을 잡아가고 있는 수준이고요, 여기서는 코드마다 나름의 원칙으로 음이 구성되는구나, 마이너 코드는 메이저 코드보다 구성음 중 하나가 반음 낮아서 울적한 기분이 드는구나, 숫자 7이 붙는 코드는 구성음이 세 개가 아닌 네 개구나, 정도로 이해하고 넘어가면 되겠습니다.

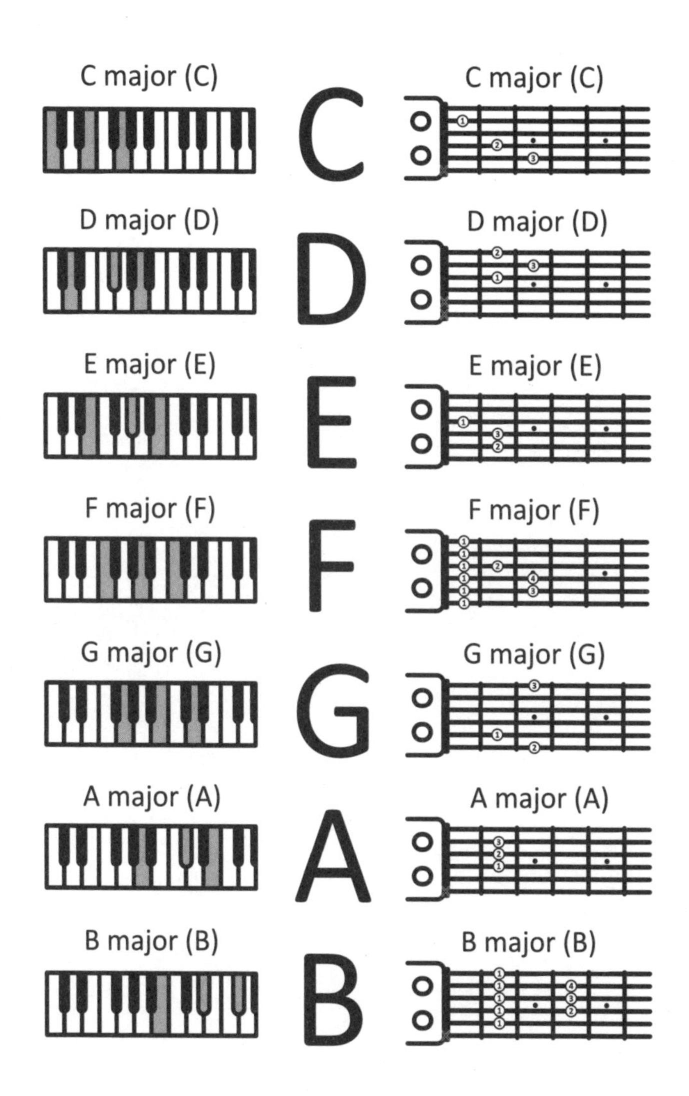
C major (C)
C
C major (C)
D major (D)
D
D major (D)
E major (E)
E
E major (E)
F major (F)
F
F major (F)
G major (G)
G
G major (G)
A major (A)
A
A major (A)
B major (B)
B
B major (B)

난생처음 기타 상식 8

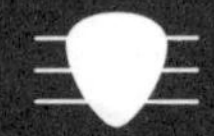

기타를 위한 악보, 타브 악보

통기타를 처음 배울 때는 보통 아래처럼 가사와 코드만 나와 있는 간이 악보를 보며 기본 주법으로 별 기교 없이 연주하지만,

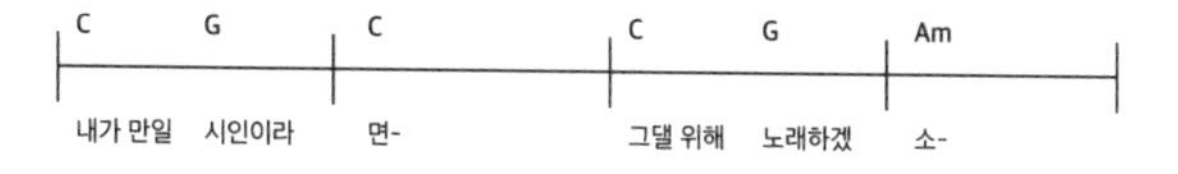

시간이 지나면 자연스럽게 타브 악보를 만나게 됩니다. 타브 악보란 기타 연주를 위한 악보로서 보통의 악보가 오선지라 하여 다섯 줄인 것과 달리 여섯 줄로 이뤄져 있습니다. 악보에 줄이 왜 여섯 개인지는 대충 감이 오죠? 바로 기타 줄과 일대일 대응이 되는 것입니다.

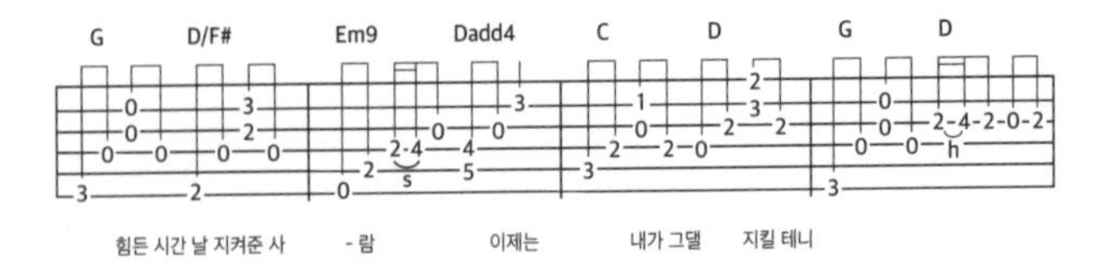

처음 타브 악보를 보면 모스부호처럼 난해하고 불친절한 행색에 거부감이 들지만 보다 보면 또 금세 익숙해집니다. 타브 악보에서 우선 헷갈리는 부분이 악보의 가장 윗줄이 기타 가장 위에 있는 6번 줄이겠거니 했는데, 그 반대라는 점입니다. 악보의 가장 윗줄이 기타의 1번 줄이에요. 혼란스러울 땐 품에 끼고 있던 기타를 내려놓고 사운드홀이 천장을 향하게끔 눕혀보세요. 그 상태로 기타 줄을 바라보면 1번 줄이 가장 위에 있고, 6번 줄이 가장 밑에 있죠? 그 모습 그대로 타브 악보와 기타 줄이 대응하고 있습니다.

타브 악보 중간중간에 적힌 숫자는 짚어줘야 할 프렛을 의미합니다. 위 폴킴의 〈모든 날, 모든 순간〉 타브 악보에서 제일 처음에 나오는 3은 6번 줄 3프렛을 누르고 튕겨주라는 이야기이며, 이어 나오는 0은 4번 줄을 튕기되 왼손으로는 아무것도 누르지 않는다는 뜻입니다. 이렇게 설명하면 다소 복잡합니다만, 첫 마디 위에 적혀 있는 G코드를 잡고 6번 줄을 튕겼다가, 4번 줄을 치고, 2번과 3번 줄을 함께 튕겼다가 4번 줄을 치면 타브 악보대로 연주하는 것입니다. 보다 보면 어렵지 않습니다. 그다음 마디와 네 번째 마디에 나오는, 갑자기 머리가 지끈거리고 기타에 대한 애정이 식게 만드는 s, h 같은 용어는 다음에 이어서 설명할게요.

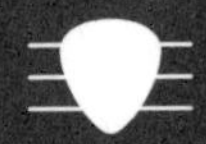

타브 악보에 담긴 기타 기교

기타 연주는 코드를 치면서 기교를 통해 꾸밈음을 넣어주고 그걸로 멜로디 라인을 표현하기도 하며 매력을 더해갑니다. 타브 악보에 보이는 s, h는 그런 기교와 관련된 용어예요.

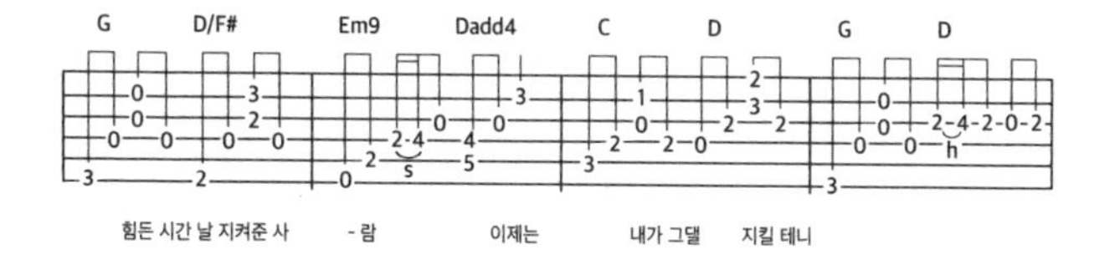

위 악보를 보면 두 번째 마디에 s라는 표시가 보이고, 네 번째 줄 위에 적힌 2와 4를 줄로 이어주고 있습니다. 이건 4번 줄 2프렛을 짚고 있다가 오른손으로 4번 줄을 튕겨준 다음, 4번 줄

을 계속 누른 채로 왼손을 4프렛까지 이동시키라는 이야기입니다. 이걸 '슬라이드'라고 하는데, 이런 기교로 음을 부드럽게 올리고 내릴 수 있는 것이 기타 연주의 매력 중 하나입니다.

이어서 네 번째 마디를 볼게요. G코드 다음에 D코드가 나오고, 세 번째 줄 위에 숫자 2와 4, 그리고 h가 표시돼 있습니다. 이건 3번 줄 2프렛을 누르고 있다가 오른손으로 3번 줄을 튕겨준 다음 바로 왼손으로 같은 줄 4프렛을 짚어주라는 주문입니다. 슬라이드가 잡고 있던 손가락으로 프렛을 옮겨 다니는 거라면, 이건 두 손가락을 사용해 하나로는 3번 줄 2프렛을 계속 잡고 있고 다른 한 손가락으로는 재빨리 같은 줄 4프렛을 잡아주는 기술입니다. 이걸 '해머링 온'이라고 부르며, 따-당하며 음이 상승하는 느낌을 만듭니다.

자, 워워. 이 책으로 기타를 배울 건 아니잖아요? 그냥 이런 게 있다, 정도만 알아두면 좋습니다. 기타를 시작하면 금방 알게 될 거고, 하다 보면 별거 아니네, 생각할 기교입니다. 어서 다음 페이지로 넘어갑시다.

난생처음 기타 상식 10

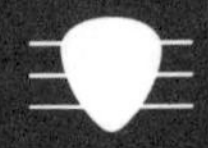

카포의
쓰임새

노래방에서 노래를 부르다가 키가 안 맞으면 재빨리 리모컨에서 음정이라고 적힌 곳을 찾아 # 버튼이나 b 버튼을 누르잖아요? 금영이나 TJ 반주 기계만큼은 아니지만, 기타도 키를 바꾸기 제법 편한 악기이며, 그때 사용하는 것이 바로 카포입니다.

카포는 보통 기타를 살 때 같이 따라오는 증정품 중 하나로 얇고 긴 빨래집게처럼 생겼습니다. 카포를 끼지 않고 연주를 하고 있는데, 반주하고 있는 곡의 음들이 전반적으로 내 음역대보다 낮아 음을 높이고 싶을 때, 이 카포를 프렛 옆에 끼워주면 됩니다. 예를 들어, 노래방 리모컨의 # 버튼을 두 번 누르는 정도로 키를 높여

후렴에서 고음을 뽐내고 싶다면 두 번째 프렛에 카포를 끼운 다음, 카포를 쓰기 전과 동일한 코드로 연주를 해주면 됩니다. 대신 이제부터는 카포를 낀 다음 프렛이 1프렛이 됩니다.

카포를 사용하지 않고 연주하는 곡인데 키를 낮추고 싶다면 골치가 좀 아파집니다. 이럴 때는 두 가지 방법이 있습니다. 하나는 튜닝을 낮춰주는 법입니다. 줄감개를 돌려 여섯 줄을 동일하게 반음 내지는 온음(두 개의 반음을 가지는 음의 간격) 내려주면 노래방 리모컨의 b 버튼을 한 번 혹은 두 번 누른 효과를 볼 수 있습니다. 이게 번거롭다, 언제 하나하나 그걸 하고 있냐, 그럼 다른 곡 연주할 때는 또 튜닝을 바꿔줘야 하지 않느냐, 하며 짜증이 인다면 그때는 코드를 일일이 바꿔줘야 하는 또 다른 수고로움이 기다리고 있습니다.

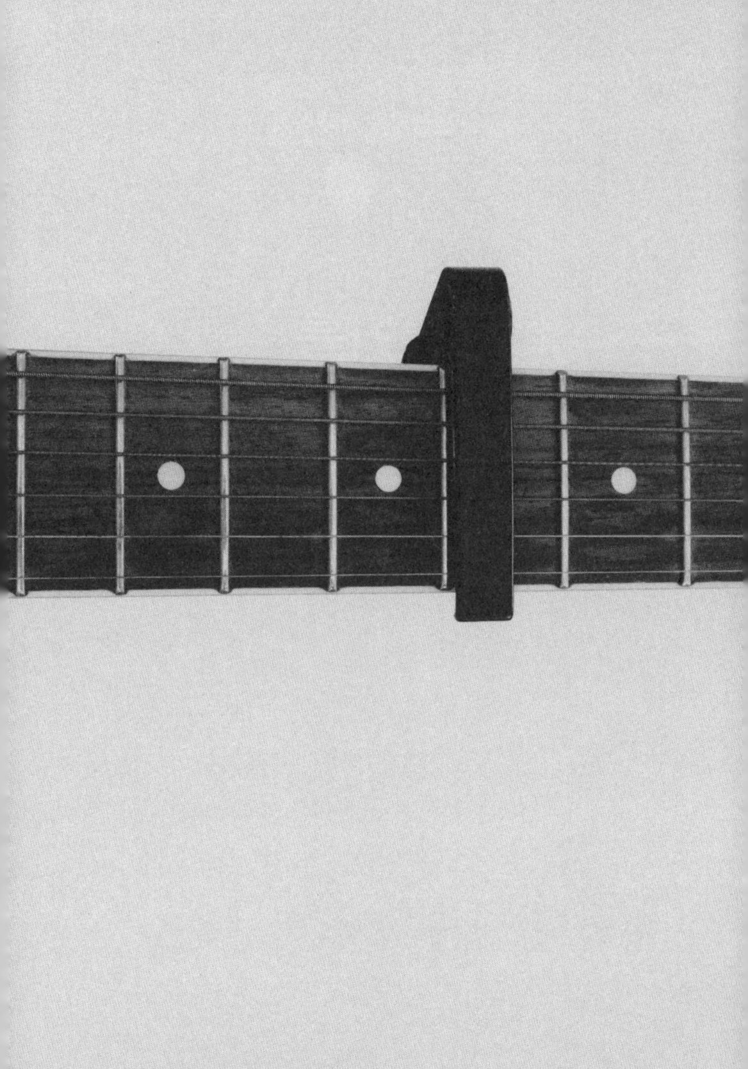

난생처음 기타 상식 11

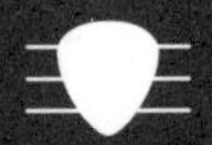

키를
바꿔보자

고음 불가인 저는 연습할 곡을 정할 때, 2~3프렛에 카포를 끼고 연주하는 강좌 영상을 선호하는 편입니다. 이런 곡은 카포를 빼고 연주하거나 1프렛으로 낮춰 끼우면 그만큼 음이 내려가기 때문에 기타를 치며 노래하기가 한결 수월해지거든요. 하지만 카포 없이 치는 곡인데 키를 더 낮추고 싶을 때는 어쩔 수 없이 조악한 성대를 물려준 조상님을 원망하며 코드를 하나씩 바꿔주는 고단함을 감수해야 합니다.

이런 상황일 때, 저는 악보 한 귀퉁이에 기타로 연주할 수 있는 열두 개의 음을 쭉 적어둔 다음 그걸 기준 삼아 코드를 하나씩 수정해나갑니다. 예를 들어 악보에 적힌 코드가 D-A-

Bm – F#m이고 두 키를 낮추고 싶다면, 미리 적어둔 12음계 중에서 D를 찾아 왼쪽으로 두 번 이동해 음(C)을 확인한 다음 D코드를 지우고 C코드라고 적어줍니다. 그다음에는 A를 찾아 마찬가지 방법으로 좌로 두 칸 이동해 문자를 확인하고 G라고 적어주면 되겠죠. 그럼 아래처럼 두 키 낮춘 코드 진행이 만들어지고, 전체적인 음이 온음 떨어집니다.

12음계 : C C# D D# E F F# G G# A A# B
(12음계는 모두 반음 간격입니다. E와 F, B와 C도 반음 차이예요.)
기존 코드 진행 : D – A – Bm – F#m
두 키 낮춘 코드 진행 : C – G – Am – Em

이 방법으로 키를 높일 수도 있습니다. 이럴 때는 왼쪽이 아닌 오른쪽으로 이동하겠죠. 저는 오른쪽으로 가는 경우가 좀처럼 없는데, 가끔 보컬이 여성인 노래를 제 키에 맞춰 반주할 때

이 방법을 사용하곤 합니다. 원곡에서 한 옥타브 낮춘 음을 기준으로 네 키 정도 올려 반주하면 제가 부르기 편한 음역대가 되더라고요.

난생처음 기타 상식 12

바레 코드의 원리

기타를 시작한 많은 사람들이 '내가 기타는 무슨 기타야……'하며 포기하는 지점이 바로 F코드 같은 바레 코드를 연습할 때입니다. 바레 코드는 검지를 쫙 펴서 기타 줄 여러 개를 한 번에 잡아줘야 하다 보니 익숙해지는 데 시간이 많이 필요합니다. 이번에는 바레 코드가 왜 이 모양인지 그 이유를 한번 살펴볼게요.

앞에서 카포라는 게 있다는 걸 배웠고, 카포를 끼운 채 원래 잡던 코드를 치면 카포를 끼운 위치만큼 그 음이 올라간다고 했습니다. 1프렛에 끼우면 반음 올라가고, 2프렛에 끼우면 온음이 올라가는 식으로요. 2프렛에 카포를 끼고 C코드를 잡으면 어떤 일이 벌어질까요? 코드를 잡았을 때 나는 음들이 모두 온음 올라가게 되고, 결국 카포를 끼지 않았을 때 D코드의 구성음과 같은 음을 내게 됩니다.

그럼 1프렛에 카포를 끼고 E코드를 잡으면 어떻게 될까요? 원래의 E코드 구성음보다 반음씩 높은 음이 나게 되고, 결국 카포 없이 F코드를 치고 있는 것과 동일한 결과가 나옵니다. 이제 오른쪽 그림에서 F코드를 잡은 모습을 한번 봐보세요. 검지를카포라고 생각하고 나머지 손가락을 살펴보면 E코드 운지법과 똑같은 모습이죠? 누르고 있는 기타 줄도 동일하고요. 정리하자면, 바레 코드의 대표주자 격인 F코드는 E코드 운지법을 기반으로 검지가 카포 역할을 하며 잡는 코드라고 할 수 있습니다. F코드를 잡는 방식 그대로 오른쪽으로 2프렛 이동하면 G코드가 되고, 거기서 두 칸 더 이동하면 A코드가 됩니다. 신기하지 않나요?

CHORD E

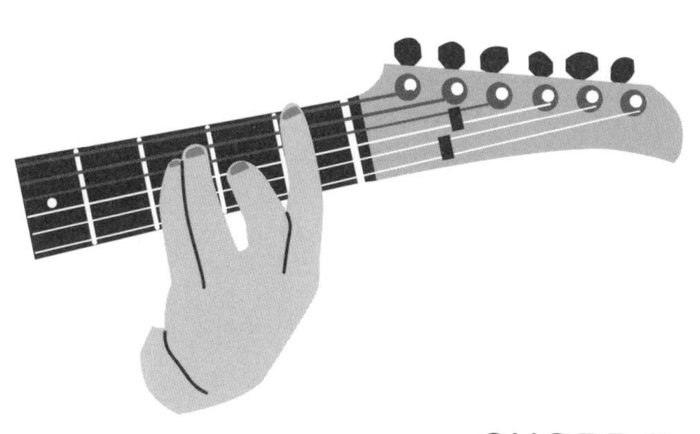

CHORD F